TRISTE AMANECER
KATE HEWITT

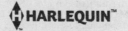

Editado por Harlequin Ibérica.
Una división de HarperCollins Ibérica, S.A.
Núñez de Balboa, 56
28001 Madrid

I.S.B.N.: 978-84-687-8921-7
Depósito legal: M-34163-2016
Impresión en CPI (Barcelona)
Fecha impresion para Argentina: 26.6.17
Distribuidor exclusivo para España: LOGISTA
Distribuidores para México: CODIPLYRSA y Despacho Flores
Distribuidores para Argentina: Interior, DGP, S.A. Alvarado 2118.
Cap. Fed./Buenos Aires y Gran Buenos Aires, VACCARO HNOS.

Capítulo 1

EL GOLPE de la puerta de un coche al cerrarse rompió el silencio de la noche. Sorprendida, Emma Leighton levantó la vista del libro que había estado leyendo. Era el ama de llaves de la casa que Larenzo Cavelli tenía en las montañas de Sicilia y no esperaba a nadie a esas horas. Larenzo estaba trabajando en Roma y nadie pasaba por la casa, que estaba situada por encima de las ciudades y pueblos cercanos. A su jefe le gustaba la privacidad.

Oyó pisadas en el camino de piedra que conducía a la puerta principal y se puso tensa. Esperó a que llamasen. La casa tenía un sistema de seguridad con un código numérico que solo Larenzo y ella conocían y la puerta estaba cerrada con llave, tal y como Larenzo insistía siempre en que estuviese.

Contuvo la respiración al oír que se abría la puerta y que desactivaban la alarma. Con el corazón en un puño, Emma dejó a un lado el libro y se puso en pie. Larenzo no iba nunca sin avisar. Siempre le mandaba un mensaje para asegurarse de que lo tenía todo preparado: la cama recién hecha, la nevera llena, la piscina con el agua caliente. Pero, si no era él... ¿Quién podía ser?

Oyó que se acercaban las pisadas con paso firme y entonces una figura alta y delgada apareció en la puerta.

—Larenzo —dijo ella, llevándose una mano al pecho y riendo con nerviosismo—. Me has asustado. No te esperaba.

—Yo tampoco pensaba venir —admitió él, entrando en el salón.

Emma contuvo la respiración cuando la luz lo iluminó, el color de su tez era grisáceo y tenía ojeras. Estaba despeinado.

—¿Estás... estás bien?

Él sonrió con tristeza.

—¿Qué ocurre, no tengo buen aspecto?

—Lo cierto es que no.

Emma intentó sonreír y hablar con naturalidad, pero estaba preocupada. Llevaba nueve meses trabajando para Larenzo y nunca lo había visto así, como si estuviese completamente agotado.

—¿Estás enfermo? —le preguntó—. ¿Te preparo algo...?

—No, no estoy enfermó —respondió él riendo—, pero debo de tener un aspecto horrible.

—La verdad es que sí.

—Gracias por tu sinceridad.

—Lo siento...

—No, no lo sientas. No soporto las mentiras —replicó él, acercándose al bar—. Necesito una copa.

Ella lo vio servirse un whisky y bebérselo de un

trago. Estaba de espaldas y la chaqueta de seda negra que llevaba puesta se pegaba a sus hombros. Era un hombre atractivo, incluso guapo, moreno, con unos penetrantes ojos grises, alto y con un cuerpo fuerte y atlético.

Emma siempre lo había admirado como quien admira al David de Miguel Ángel, como una obra de arte. Al aceptar aquel trabajo había decidido que no iba a cometer el error de enamorarse de su jefe cual colegiala. Larenzo Cavelli no estaba a su alcance, ni mucho menos. Y, si era cierto lo que decían en los periódicos, cada semana estaba con una mujer diferente.

—No te esperaba hasta final de mes —le dijo.

—He cambiado de planes —respondió él, sirviéndose otra copa—. Como es evidente.

Emma no dijo nada más. A lo largo de los nueve meses que había trabajado para él habían conseguido tener una relación bastante amistosa, pero seguía siendo su jefe y no podía decir que lo conociese realmente. Desde que ella estaba allí solo había ido a la casa tres veces, un par de días. Vivía la mayor parte del tiempo en Roma, donde tenía un piso, y cuando no estaba allí estaba viajando. Era el director general de Cavelli Enterprises.

—Muy bien —dijo Emma por fin—. ¿Vas a quedarte muchos días?

Él volvió a vaciar su copa.

—No lo creo.

—Bueno, al menos esta noche —añadió Emma.

No sabía lo que le pasaba a Larenzo, si estaba

relacionado con el trabajo o con su vida personal, pero ella tenía que seguir haciendo su trabajo.

–Las sábanas están limpias. Voy a encender el calentador de la piscina.

–No te molestes –le respondió Larenzo, dejando la copa vacía encima de la mesa–. No es necesario.

–No es molestia –protestó ella.

Larenzo se encogió de hombros, todavía de espaldas.

–En ese caso, tal vez me dé un último baño.

Aquellas últimas palabras retumbaron en la cabeza de Emma mientras atravesaba la silenciosa casa para salir por la puerta trasera y dirigirse a la terraza con vistas a la montaña. «Un último baño». ¿Estaría pensando dejar o vender la casa?

Emma miró las montañas Nebrodi y se estremeció. El aire era frío y olía a pino.

La casa de Larenzo estaba alejada de todo, a kilómetros del pueblo más cercano, Troina. De día se veían las casas en el valle. Ella iba varias veces a la semana a comprar y a socializar un poco, tenía varias amigas sicilianas.

Si Larenzo vendía la casa echaría de menos vivir allí. Nunca había vivido en el mismo lugar durante mucho tiempo y, de todos modos, era probable que unos meses más tarde también quisiese marcharse de allí, pero... Miró una vez más hacia las montañas y los valles, a la pared de piedra de la casa, que brillaba bajo la luz de la luna. Le gustaba vivir allí. Era un lugar tranquilo, con mucho que fotografiar. Le daría pena marcharse, si tenía que hacerlo.

Pero tal vez Larenzo hubiese querido decir un último baño antes de volver a Roma. Encendió el calentador y después se giró para volver dentro, pero dio un grito ahogado y se quedó donde estaba. Larenzo la sujetó de los hombros.

Se quedaron así unos segundos, él agarrándola con sus fuertes manos, transmitiéndole el calor de su cuerpo a través de la camiseta de algodón que llevaba puesta. Emma pensó que era la primera vez que la tocaba.

Ambos se movieron hacia el mismo lado, como si estuviesen realizando un extraño baile, y entonces Larenzo bajó las manos y se apartó.

–*Scusi*.

–Ha sido culpa mía –murmuró ella, todavía con el corazón acelerado.

Entró en la cocina y encendió la luz. Con luz todo parecía más normal, aunque todavía pudiese sentir el calor de las manos de Larenzo en la piel.

Se giró hacia él y le preguntó:

–¿Has cenado? Puedo prepararte algo.

Él la miró como si fuese a rechazar el ofrecimiento, pero después se encogió de hombros.

–¿Por qué no? Iré a cambiarme mientras cocinas.

–¿Qué te gustaría tomar?

Larenzo volvió a encogerse de hombros.

–Cualquier cosa.

Emma lo vio desaparecer por el pasillo, y apretó los labios, frunció ligeramente el ceño. Nunca lo había visto así. Nunca habían hablado mucho y casi siempre lo habían hecho acerca del mantenimiento de la piscina o de las reparaciones que necesitaba la casa, pero incluso hablando de aquellos temas tan mundanos Larenzo siempre había desprendido energía, carisma. Era un hombre que, cuando entraba en una habitación, conseguía que todo el mundo lo mirase. Los hombres intentaba contener la envidia y las mujeres lo desnudaban con la mirada. Ella se consideraba inmune a su magnética vitalidad, pero en esos momentos su ausencia la incomodó.

Frunció el ceño todavía más, abrió la nevera y miró lo que había dentro. Siempre hacía una compra grande antes de que llegase Larenzo, compraba todos los ingredientes necesarios para preparar deliciosos platos para uno y se los servía en la terraza, con vistas a las montañas.

Miró de reojo la media docena de huevos, las lonchas de panceta y el trozo de queso que quedaba. Suspiró y lo sacó todo. Haría una tortilla de beicon y queso, decidido.

Estaba sirviéndola en un plato cuando Larenzo bajó vestido con unos vaqueros desgastados y una camiseta gris, el pelo todavía mojado, despeinado. No era la primera vez que lo veía vestido de manera informal, pero en aquella ocasión le pareció diferente y sintió una cierta atracción. Era evidente que seguía teniendo carisma y vitalidad, porque Emma sintió su fuerza en esos momentos.

–Siento que sea solo una tortilla –se disculpó–. Haré una compra grande mañana.

–No será necesario.

–Pero...

–¿No me acompañas? –le preguntó él, arqueando una ceja, con los ojos brillantes.

Era la primera vez que le pedía que comiese con él. Cenar juntos en la terraza habría resultado demasiado íntimo, incómodo, así que Emma siempre se tomaba los restos en la cocina, con uno de sus libros de fotografía apoyado en el salero.

–Yo... ya he cenado –le respondió.

Eran más de las diez.

–Ven con una copa de vino. No me apetece estar solo.

¿Era una orden? Emma se encogió de hombros. No le importaba tomarse una copa de vino y tal vez Larenzo le contase lo que le ocurría.

–De acuerdo –dijo, sacando dos copas mientras Larenzo escogía una botella de vino tinto del botellero que había encima del fregadero.

Él salió con el plato a la terraza y Emma fue a por su jersey, que estaba en el salón, se lo puso y salió también. La enorme luna estaba muy alta, brillaba por encima del pico más alto, el monte Soro. Larenzo ya estaba sentado a la mesa que había cerca de la piscina, pero se levantó cuando vio llegar a Emma con las dos copas y la botella de vino.

Larenzo sirvió el vino en las copas.

–Qué refinado –comentó ella, aceptando una.

–Sí, ¿verdad? Disfrutemos de ello mientras podamos.

Levantó su copa para brindar y Emma lo imitó antes de darle un sorbo. El vino estaba muy rico, era caro, pero ella dejó la copa antes de volver a beber y miró fijamente a su jefe:

–¿Seguro que va todo bien?

–Todo lo bien que puede ir –respondió Larenzo.

–¿Qué significa eso?

Él dejó la copa también y estiró las piernas.

–Pues eso. No quiero hablar de mí esta noche. Durante unas horas solo quiero olvidar.

«¿Olvidar el qué?», se preguntó Emma, pero supo que aquella era una pregunta a la que Larenzo no iba a contestar.

–Hace casi un año que eres mi ama de llaves y lo cierto es que no sé nada de ti –continuó él.

–¿Quieres que hablemos de mí? –le preguntó ella, sorprendida.

–¿Por qué no?

–Porque... porque nunca has mostrado interés en saber nada de mí. Y porque lo cierto es que soy una persona bastante aburrida.

Él sonrió. Sus dientes brillaron en la oscuridad.

–Permite que sea yo quien juzgue eso.

Emma sacudió la cabeza lentamente. Aquello era casi surrealista.

–¿Qué quieres saber?

–¿Dónde creciste?

Una pregunta bastante inocua, supuso Emma.

–En todas partes. Mi padre era diplomático.

–Recuerdo que lo mencionaste cuando te hice la entrevista.

La había entrevistado en Roma, donde Emma había estado trabajando en un hotel. Había sido un trabajo de los muchos que había aceptado por todo el mundo mientras hacía fotografías.

–¿Y no te ha importado estar aquí encerrada, en las montañas de Sicilia? –le preguntó antes de llevarse la copa a los labios–. ¿Sola?

Emma se encogió de hombros.

–Estoy acostumbrada a estar sola.

Lo prefería así. Sin obligaciones ni desengaños.

–Aun así.

–A ti también te gusta estar solo. Por eso tienes esta casa.

–Sí, pero viajo y paso tiempo en ciudades. No estoy aquí solo todo el tiempo.

–Bueno, como ya he dicho, a mí me gusta.

Por el momento. Nunca se quedaba en el mismo sitio mucho tiempo, siempre prefería cambiar y buscar nuevas experiencias. Larenzo la estaba mirando con escepticismo.

–¿Has conocido a alguien aquí? –le preguntó–. ¿Has hecho amigos?

–Un par de ellos en Troina.

–Algo es algo. ¿Y qué haces para divertirte?

Emma se encogió de hombros.

–Pasear, nadar. Me entretengo con poco, por suerte.

–Sí.

Larenzo miró hacia las montañas y Emma tuvo la sensación de que estaba pensando en otra cosa, en algo doloroso.

–Pero no es la clase de trabajo que uno querría tener siempre –dijo por fin.

–¿Estás intentando deshacerte de mí? –le preguntó ella en tono de broma, pero Larenzo se tomó la pregunta en serio.

–No, por supuesto que no, pero si ocurriese algo... Ella dejó su copa de vino.

–Larenzo, ¿estás pensando en vender la casa?

–En venderla, no.

–Entonces, ¿qué pasa? ¿Tengo que empezar a buscar otro trabajo?

Él espiró lentamente y se pasó las manos por el pelo.

–Ocurra lo que ocurra, daré buenas referencias tuyas.

–No te entiendo –admitió Emma sacudiendo la cabeza–. ¿De qué estás hablando?

–Ahora no tengo ganas de explicártelo. Pronto lo entenderás. ¿Te apetece darte un baño?

–¿Un baño? –repitió ella sorprendida, mirando el agua–. Hace frío para mí.

–Para mí, no –dijo Larenzo, quitándose la ropa y quedándose solo en calzoncillos antes de sumergirse.

Hizo un largo y al llegar al otro lado de la piscina se apartó el pelo mojado del rostro.

–Ven –la llamó–. El agua está muy buena.

Emma negó con la cabeza.

–Acabo de encender el calentador. Tiene que estar helada.

–Da igual –respondió Larenzo, arqueando una ceja y sonriendo de manera tentadora.

Emma no pudo evitar clavar la vista en su pecho musculoso y bronceado.

–Venga, te reto –añadió él.

Aquello era completamente surrealista. ¿Cómo se iba a meter con su jefe en una piscina de agua congelada?

–Ven, Emma –insistió este, tendiéndole la mano–. Salta.

Era evidente que se trataba de una locura, era peligroso y... al mismo tiempo, ver a Larenzo en la piscina, medio desnudo, bajo la luz de la luna y con las gotas de agua brillando en su piel, resultaba irresistible. De todos modos, la velada ya había comenzado de manera muy extraña.

–Cobarde –la provocó.

Ella se echó a reír.

–Veo que estás empeñado en que me meta al agua.

–Quiero nadar con alguien.

Aquello la puso nerviosa. No pensaba que Larenzo estuviese coqueteando con ella, nunca lo había hecho, pero...

–Está bien –se decidió por fin, quitándose el jersey y tirándose a la piscina completamente vestida.

Cuando salió a la superficie, en el lado de la piscina opuesto al que estaba él, dijo:

–Y ahora me salgo. El agua está helada.

–No pensé que fueses a hacerlo –comentó Larenzo riendo.

Y Emma se alegró de haber conseguido hacer que se olvidase de aquello que lo preocupaba, aunque para ello hubiese tenido que entrar en estado de hipotermia.

–Pues estabas equivocado –le respondió, nadando hacia el borde de la piscina.

Con la ropa puesta era difícil salir de ella.

Entonces notó a Larenzo justo detrás, sintió que apoyaba las manos en sus hombros. Emma tomó aire y él la agarró por la cintura y la levantó.

Consiguió salir y una vez en el bordillo se puso de rodillas, sorprendida por lo mucho que la afectaba que su jefe la hubiese tocado y temblando del frío.

–Ven –le dijo él mientras salía de la piscina y se dirigía al armario en el que estaban las toallas–. Tápate.

–Será mejor que vaya a cambiarme –respondió ella, bajando la vista y dándose cuenta de que se le trasparentaba el sujetador y tenía los pezones erguidos por el frío–. Gracias.

Agarró la toalla contra su pecho y vio que Larenzo sonreía a pesar de no haber bajado la vista allí. Emma fue hasta la mesa sin soltar la toalla.

–Debería irme a la cama.

–No, no te vayas todavía –le dijo él.

Se puso una toalla alrededor de los hombros y se sentó enfrente antes de servir vino en las dos copas. Emma vio las dos copas llenas y el pecho desnudo de Larenzo y se sintió como si acabase de sumergirse en una piscina completamente diferente.

–Estoy helada... –empezó.

Él señaló el armario.

–Ahí tienes albornoces. Quítate la ropa mojada. No quiero que te enfríes.

–Larenzo... –volvió a protestar ella, sin saber realmente lo que le iba a decir.

De todos modos, ¿por qué se quejaba tanto? Estaba bajo la luz de la luna con un hombre muy atractivo. Y, en cualquier caso, Larenzo no iba a intentar nada con ella. Estaba segura de que no era de los que mezclaban los negocios con el placer.

Aunque Emma estuviese deseando que lo hiciese...

–Está bien.

Fue hasta el armario y, utilizando la puerta para esconderse, se quitó la ropa mojada y se puso un albornoz que le quedaba muy grande, pero al menos ya no tenía frío.

–Cuéntame qué sitio fue tu favorito para vivir cuando eras niña –le ordenó su jefe mientras Emma se sentaba en su sitio y tomaba la copa de vino.

Ella se quedó pensativa. Si se ponía a responder preguntas al menos no estaría tan pendiente del pecho de Larenzo. No sabía por qué estaba sintiéndose tan atraída por él. Tal vez se debiese todo a que era una noche muy rara.

–Supongo que Cracovia –respondió por fin–. Pasé dos años allí cuando tenía diez. Es una ciudad preciosa.

Y habían sido los últimos años en que se había sentido parte de la familia, antes de que su madre hubiese anunciado que se marchaba, pero no quería pensar en aquello, mucho menos hablar de ello.

–¿Dónde creciste tú? –preguntó a su vez.

La expresión de Larenzo se endureció ligeramente.

–En Palermo.

–Por eso tienes una casa en Sicilia, imagino.

–Es mi casa.

–Pero vives casi todo el tiempo en Roma.

–Es donde están las oficinas centrales de Cavelli Enterprises –dijo él–. De todos modos, Palermo nunca me gustó.

–¿Por qué no?

Larenzo apretó los labios.

–Tengo demasiados recuerdos duros.

Emma lo miró con curiosidad. Él no parecía dispuesto a contarle más, pero era evidente que era un hombre que tenía muchos secretos.

Larenzo miró a su alrededor y después clavó la vista en las montañas.

–Voy a echar esto de menos –comentó.

–Entonces, estás pensando en marcharte –dijo Emma.

–No lo estoy pensando, no –contestó él, saliendo de repente de aquel estado pensativo y mirándola fijamente–. Gracias, Emma, por la comida y también por la compañía. No tienes ni idea de lo mucho que has hecho por mí.

–Si hay algo más que pueda hacer...

Para su sorpresa, Larenzo le tocó la mejilla, tenía la mano fría.

–*Bellisima* –susurró–. No. Ya has hecho suficiente. Gracias.

Entonces tomó su plato y su copa, se levantó de la mesa y la dejó allí sola.

Emma se quedó sentada unos segundos, temblando por el aire frío a pesar del albornoz. Deseó haberse enfrentado a Larenzo de algún modo, pero no tenía ni idea de lo que estaba pasando y, de todos modos, no estaba segura de que él hubiese aceptado su comprensión. Era un hombre orgulloso y duro que había pasado por un momento de debilidad. Era muy probable que al día siguiente se arrepintiese de aquella conversación.

Suspiró, tomó la botella de vino y la copa y se levantó. Cuando entró en la casa Larenzo ya había subido las escaleras, las luces estaban apagadas y la casa cerrada con llave. Emma metió los platos en el lavavajillas y subió las escaleras también.

Al llegar al descansillo se detuvo. La habitación principal estaba a la derecha y la suya, más pequeña, era la última de la izquierda. Solo se oía el viento contra los árboles y no se veía luz por debajo de la puerta de su jefe. No obstante, sintió el deseo de llamar a aquella puerta y decirle algo, aunque no supiese el qué. No tenían ese tipo de relación, ni mucho menos, y llamar a su puerta y que este le abriese despeinado y con el pecho todavía desnudo...

No. Aquello habría sido ir demasiado lejos.

No obstante, dudó, suspiró y fue a su propia habitación.

Capítulo 2

NO PODÍA dormir y era normal, después de todo lo ocurrido durante los últimos días. Con la mirada clavada en el techo, Larenzo suspiró y se levantó de la cama.

La casa estaba en silencio. Eran casi las dos de la mañana y se preguntó cuánto tiempo le quedaría. ¿Irían a buscarlo al amanecer, o esperarían hasta las ocho o las nueve de la mañana? En todo caso, no tardarían mucho, Bertrano se había asegurado de ello.

Volvió a suspirar al pensar en el hombre al que había considerado un padre. Salió de la habitación y bajó las escaleras. Podía haberse quedado en Roma, pero había odiado la idea de esperar así el final. Además, había querido despedirse del que había sido su hogar. Bertrano les diría dónde encontrarlo; era probable que la policía de Palermo ya estuviese alertada. Como mucho, le quedaban un par de horas.

Y lo único que quería hacer en ese tiempo era saborear lo que tenía. Lo que Bertrano Raguso le había dado, aunque él hubiese trabajado para ganárselo. Era toda una ironía que el hombre que lo había salvado fuese el mismo que iba a destruirlo. Tal vez fuese justo.

Pasó la mano por el piano que había en la sala de música. Lo había comprado porque le encantaba la música, pero no había tenido tiempo de aprender a tocarlo. Ya no lo haría. Tocó un par de notas discordantes que retumbaron en la silenciosa casa y de allí pasó al salón, donde se detuvo delante del ajedrez que había junto a la ventana. Las piezas de mármol estaban preparadas para una partida que jamás jugaría.

Tomó el rey y volvió a dejarlo. Bertrano le había enseñado a jugar y él había disfrutado de las noches que habían pasado juntos haciéndolo. ¿Por qué le había dado así la espalda un hombre que lo había tratado como a un hijo? ¿Por qué lo había traicionado? ¿Y cómo era posible que él no se hubiese dado cuenta de lo que ocurría?

Miró los peones y se sintió como uno de ellos. Enfadado, les dio un manotazo y los tiró.

Fue en ese momento cuando se dio cuenta de todo lo que iba a perder, enterró el rostro entre las manos, se pasó estas por el pelo y sollozó.

«Bertrano, ¿cómo has podido hacerme esto? Yo te quería. Te consideraba un padre».

–¿Larenzo?

Este se puso tenso al oír la voz de Emma. Levantó el rostro y se giró hacia la puerta del salón. Estaba en pijama, con unos pantalones cortos y una camiseta muy fina. Larenzo vio la curva de sus pequeños pechos y sintió deseo. Ya le había ocurrido al verla salir de la piscina. Nunca había pensado en su ama de llaves antes de aquella noche, pero en esos momentos envidiaba su libertad, su paz.

–¿No puedes dormir? –preguntó esta, entrando en la habitación y clavando la vista en el ajedrez.

–No –admitió él, girándose hacia la chimenea, en la que había troncos preparados–. Aquí hace frío.

Mientras encendía el fuego oyó cómo Emma colocaba las piezas en el tablero. Luego se giró hacia ella, que estaba tocando los peones y tenía la cabeza agachada.

–¿Quieres jugar?

–¿Qué? –preguntó, sorprendida.

–¿Sabes jugar?

–Conozco las reglas.

–Bien. Parece que ninguno de los dos podemos dormir. ¿Jugamos?

–De acuerdo.

Se sentaron el uno enfrente del otro.

–Empiezan las blancas –le dijo Larenzo.

Ella se mordió el labio y estudió el tablero. Y él volvió a sentir deseo. Aquellas horas serían las últimas horas de diversión en mucho tiempo.

Emma movió por fin. Lo miró y sonrió.

–¿Por qué tengo la sensación de que me vas a dar una paliza?

–Hay que vivir con la esperanza –respondió él, moviendo un peón.

Emma se echó a reír, sacudió la cabeza.

–Eso sería una ingenuidad.

–Tal vez.

Le gustaba observarla, ver el reflejo del fuego en su piel dorada, el brillo de sus ojos verdes. Estiró las piernas y le rozó un tobillo, y la deseó todavía más.

Tuvo la sensación de que ella también había sentido algo porque sus pupilas se habían dilatado y se había puesto tensa un instante antes de mover otra pieza del tablero.

Jugaron unos minutos en silencio mientras la tensión crecía entre ambos. Larenzo volvió a rozarle el pie y disfrutó de la suavidad de su piel. Ella tomó aire y le temblaron los dedos mientras movía la torre.

—Estoy a cuatro movimientos del jaque —le advirtió.

Ella se echó a reír.

—Ya sabía que iba a pasar.

Emma lo miró y él mantuvo la mirada, sintió la fuerza de la atracción que había entre ambos. Nunca antes había pensado en su ama de llaves como un objeto de deseo, pero aquella noche necesitaba contacto humano. Necesitaba tocar a una mujer, dar y recibir placer.

Apretó la mandíbula y volvió a mirar el tablero. Acostarse con Emma aquella noche sería un acto completamente egoísta.

Movió el alfil y se quedó inmóvil al notar la mano de Emma en la suya.

—Larenzo, me gustaría que me contases qué está pasando.

Él no respondió, con la mirada clavada en las manos de ambos, le acarició la palma con el pulgar. Ella se estremeció, pero no apartó la mano.

–No importa –le dijo él en voz baja–. De todos modos, no puedes hacer nada al respecto. Es culpa mía.

Por haber confiado en alguien a quien había querido. Por haber sido tan ingenuo. Tan idiota.

–¿Estás seguro de que no puedo ayudarte? –le preguntó ella con dulzura.

Él pensó en decirle que había una cosa que podía hacer para que se olvidase de lo que le traería el amanecer, pero se resistió. No podía ser tan egoísta, ni siquiera aunque estuviese al borde de la destrucción.

–No, me temo que no. Nadie puede ayudarme.

Ella estudió su rostro y después se levantó de la silla.

–Entonces, tal vez sea mejor que te deje solo.

–Espera. No te marches. No quiero estar solo –le confesó en voz baja.

–No lo estás –respondió ella sin más.

Emma no supo si era el evidente dolor de Larenzo o la atracción que había entre ellos lo que la había hecho quedarse allí. Tal vez ambos. Quería reconfortarlo, pero no podía negar el anhelo que había sentido cuando Larenzo la había mirado con tanto deseo. Era la primera vez que un hombre la miraba así y le había encantado.

Siguió de pie, con la mano apoyada en su hombro, y él mantuvo la cabeza agachada. Tenía la piel caliente y suave. Larenzo alargó la mano y entrelazó los dedos con los suyos. La intimidad del gesto la sorprendió, sintió calor, deseo y algo todavía más profundo e importante. Solo se estaban dando la mano y, no obstante, le parecía un modo puro de comunicación, lo más íntimo que había hecho jamás.

Finalmente, Larenzo rompió el momento. Apartó la mano y se giró. Emma sintió su calor, aspiró el olor de su aftershave, y volvió a desearlo. Aquel hombre era mucho más que una obra de arte. Era un hombre de verdad y lo tenía al alcance de su mano. Podía tocarlo, besarlo. Y quería hacerlo.

—¿Tienes familia, Emma? —le preguntó él de repente.

—Sí.

—¿Y estáis muy unidos? —volvió a preguntar, mirándola fijamente—. Viviendo aquí, no debes de verlos mucho.

—Veo a mi padre de vez en cuando. Ahora está destinado en Budapest.

—¿Y a tu madre?

¿Por qué le hacía aquellas preguntas? Emma no quería hablar de su familia, mucho menos de su madre, pero en la intimidad de aquella habitación, de aquel momento, supo que iba a contestar.

—No, no tengo relación con mi madre. Mis padres se divorciaron cuando yo tenía doce años y, después, no nos hemos visto mucho.

—Debió de ser duro.

Ella se encogió de hombros, pero Larenzo asintió como si hubiese dicho algo importante y revelador.

—¿Y tienes hermanos? —continuó.

–Una hermana, Meghan. Vive en Nueva Jersey, es ama de casa –le contó, pensando que aquello era lo último que quería hacer ella–. Tenemos buena relación, hablamos por Skype. ¿Por qué me haces todas estas preguntas, Larenzo?

–Porque yo nunca he tenido una familia de verdad, y me preguntaba... Me preguntaba cómo es tener una familia.

–¿Qué ocurrió con la tuya?

–No lo sé. Mi madre me dejó solo de niño, con dos o tres años. Y me llevaron a un orfanato que estaba en un convento. No era un lugar agradable. Me escapé con once años y pasé varias semanas en la calle.

Recitó todos aquellos hechos sin apasionamientos, lo que hizo que a Emma le resultasen todavía más terribles.

–Qué horror. Lo siento –le dijo, pensando que jamás habría imaginado que Larenzo hubiese tenido semejante pasado, siendo tan poderoso, teniendo aquel magnetismo–. ¿Y todo eso fue en Palermo?

–Sí, pero prefiero no hablar de ello esta noche.

–¿Y de qué quieres hablar?

–De cualquier otro tema.

Larenzo se sentó en la alfombra que había delante de la chimenea y le hizo un gesto para que lo imitase. Emma se sentó enfrente, con las piernas cruzadas, consciente de lo extraña que era la situación. Ambos estaban en pijama, pero, al mismo tiempo, se sentían cómodos. Le resultó extrañamente natural estar allí sentada con Larenzo, en la oscuridad, delante del fuego. Surrealista y, al mismo tiempo, correcto.

–¿Qué quieres hacer con tu vida, Emma? –le preguntó él mientras echaba otro tronco al fuego–. Supongo que no querrás ser ama de llaves eternamente.

–¿Qué tendría eso de malo?

Él esbozó una sonrisa, divertido.

–Nada, pero eres una joven bella y capaz, e imagino que querrás ver más mundo que esta apartada colina de Sicilia.

–Me gusta viajar –admitió ella–. Ya he viajado mucho.

–Como hija de diplomático.

–Sí. En cuanto dejé de estudiar, me puse a viajar.

–¿Qué estudiaste?

–Hice un curso de fotografía un año, y después preparé la mochila y fui a conocer mundo.

Decidida a disfrutar de todo lo que la vida tenía que ofrecerle, a no atarse jamás, a no permitir que le hiciesen daño.

–Suena divertido –comentó Larenzo, mirándola con una ceja arqueada–. Me parece haberte visto con una cámara de fotos por ahí. ¿Has hecho fotografías aquí?

–Sí...

–¿Puedo verlas?

Ella dudó. Nadie había visto sus fotografías. Nadie le había pedido verlas. Y enseñárselas a Larenzo le resultaba todavía más íntimo que darle la mano. Sería como mostrarle parte de su alma.

–De acuerdo –dijo por fin–. Iré a buscarlas.

Subió corriendo a su habitación y allí buscó sus fotografías favoritas. Volvió a bajar y se las dio a Larenzo en silencio.

Él las estudió detenidamente, con el ceño fruncido, mientras Emma esperaba mordiéndose el labio. Se dio cuenta de que quería que le gustasen, que las entendiese, y contuvo la respiración mientras esperaba el veredicto.

–No son las típicas fotografías que toma uno cuando está de vacaciones.

–No.

Prefería hacer fotografías de personas, en ocasiones extraños, otras, amigos, sin que estas lo esperasen, para captar la emoción del momento, ya fuese alegría o tristeza, o cualquier otra cosa.

–Esta –dijo él, señalando un retrato de Rosaria, una de las tenderas de Troina.

Estaba sentada en un taburete en la parte trasera de la panadería, con las manos en el regazo, la cabeza agachada, el rostro lleno de arrugas mientras reía.

–Esto es felicidad –continuó Larenzo en voz baja.

Y a Emma se le encogió el corazón al darse cuenta de que lo entendía, de que veía lo que ella había intentado capturar.

–Sí.

–Yo creo que nunca me he sentido así –admitió con tristeza–. ¿Y tú?

La pregunta la sorprendió y respondió casi sin pensarlo, en un susurro.

–No. Creo que tampoco.

Emma había viajado por todo el mundo, había subido montañas, había buceado, había hecho miles de cosas increíbles y siempre se había considerado una persona feliz, pero... ¿Había sido feliz de verdad?

No se había dado cuenta de aquello hasta que Larenzo no le había hecho la pregunta.

–Tienes un don –añadió Larenzo–. Tienes talento de verdad. No deberías desperdiciarlo.

–No...

–Quiero decir que deberías hacer una exposición –la interrumpió, arqueando las cejas–. ¿Se las has enseñado a alguien? ¿A un profesional?

–Tú eres la primera persona que las ve.

Él la miró fijamente a los ojos.

–Gracias.

Ella asintió en silencio.

El momento se alargó y se transformó en algo diferente mientras se miraban a los ojos. El fuego crepitó, pero ninguno de los dos se inmutó.

El deseo que Emma había sentido antes la invadió por completo, impidiéndole pensar. Deseaba a aquel hombre más de lo que había deseado nada antes, y era consciente de que él estaba sintiendo lo mismo.

Muy despacio, Larenzo alargó una mano hacia ella, la pasó por su mejilla. El calor de su palma hizo que Emma se estremeciese. Larenzo pasó el pulgar por sus labios, que se separaron. Emma supo que, si la besaba, estaría perdida. Y pensó que quería perderse.

La mano de él se tensó un instante contra su mejilla y, por un terrible segundo, Emma temió que la apartase. Y que aquel maravilloso momento se terminase. Entonces, Larenzo levantó la otra mano y la apoyó en su otra mejilla antes de acercarla inexorablemente hacia él para besarla con suavidad y furia, con frialdad y pasión al mismo tiempo, todo a la vez mientras que miles de sensaciones nuevas la invadían y ella separaba los labios para devolverle el beso.

Larenzo la sentó en su regazo y ella sintió su erección entre los muslos y se excitó todavía más.

Él profundizó el beso y Emma enterró los dedos en su pelo y se apretó todavía más contra su cuerpo mientras arqueaba la espalda.

Después de un momento interminable, pero que no había durado lo suficiente, Larenzo rompió el beso y respiró con dificultad.

–No iba a hacerlo.

–Yo quería que lo hicieras –susurró ella, pensando que no lo soportaría si paraba en ese momento.

Larenzo apoyó la frente en la suya, sus cuerpos todavía estaban juntos, ambos tenían el corazón acelerado.

–Te deseo, Emma. Creo que te deseo más de lo que he deseado nunca a nadie.

A ella le gustó oírlo.

–Yo también te deseo.

–Pero no puedo ofrecerte nada más que esta noche –admitió él, cerrando los ojos un instante–. Un par de horas como mucho. Eso es todo. Jamás podrá ser más.

–Lo sé –respondió ella–. No quiero nada más que esta noche. No busco una relación, te lo aseguro. Solo quiero tenerte esta noche.

Él se inclinó ligeramente hacia atrás para mirarla a los ojos.

–¿Estás segura?

Emma asintió, sorprendida consigo misma por lo segura que estaba. Aquella noche todo había sido surrealista, incluso mágico. Todo aquello era extraño y, al mismo tiempo, le daba la sensación de que era lógico y necesario.

–Estoy segura.

–Entonces, ven conmigo.

Se apartó de ella y se levantó de la alfombra en un fluido movimiento antes de darle la mano y ayudarla a ponerse también en pie. Entrelazó los dedos con los suyos y la guio escaleras arriba, hasta su habitación.

Emma miró la enorme cama, las sábanas azules marino que ella misma había puesto y sintió... No era miedo. Expectación. Y cierto nerviosismo porque, a pesar de estar segura, aquella era una nueva experiencia. Una experiencia completamente nueva, aunque no quisiera admitirlo delante de Larenzo.

Este la miró sin soltarle la mano.

–¿Has cambiado de opinión? No importa. Bueno, sí que me importa, pero lo comprendería.

–No he cambiado de opinión.

Emma tragó saliva y levantó la barbilla. No iba a admitir su inexperiencia. Si a ella no le importaba, no quería que le importase a él, no quería que Larenzo se echase atrás.

–¿Y tú? –lo retó.

Él se echó a reír.

–Por supuesto que no –respondió, tirando de ella–. Ven aquí, Emma.

Y ella lo hizo de buen grado, apoyó los pechos contra el pecho desnudo de él y, mientras la besaba de nuevo, volvió a olvidarse de todo, salvo de lo mucho que lo deseaba.

Entonces, Larenzo le agarró la camiseta y se la quitó por la cabeza, de un tirón. Y ella notó cómo los pechos rozaban el vello de él y la sensación fue tan intensa que casi le dolió. Nunca había sentido tanto, nunca se había sentido tan viva, ni siquiera en la cumbre de una montaña o en la profundidad del mar. Todas sus aventuras anteriores palidecían al lado de aquella.

Dio un grito ahogado que él acalló con sus labios antes de bajar las manos por su espalda hasta agarrarla del trasero y apretarla contra su erección.

Larenzo apartó los labios de los suyos para besarla en el cuello y Emma se estremeció al notar su lengua en un lugar tan sensible.

Entonces la tumbó en la cama, encima de las sedosas sábanas, y la cubrió con su cuerpo.

Emma lo abrazó por el cuello y se arqueó contra él, deseando que sus cuerpos se tocasen lo máximo posible. Deseando estar así de cerca con otra persona... aunque fuese solo una noche. Unas horas. Emma sabía que Larenzo también lo necesitaba, tanto como ella. Se estaba entregando a él, era la única manera que tenía de reconfortarlo en esos momentos.

Larenzo metió la mano entre sus muslos para bajarle los pantalones del pijama y tirarlos al suelo, y ella volvió a arquear la espalda al notar su mano allí.

Él la acarició y la hizo gemir.

—Es solo el comienzo —le prometió Larenzo riendo antes de quitarse el pantalón del pijama y volver a su lado. Entonces, se detuvo—. Emma...

Ella vio la confusión en su rostro, la duda, y supo que se estaba temiendo su falta de experiencia.

—Nunca has....

—No importa —lo interrumpió Emma, levantando las caderas contra su cuerpo y empezando a moverse contra él.

Larenzo se adaptó a su ritmo y enterró la cabeza en su cuello.

Si Emma se sintió incómoda, enseguida se le pasó y la exquisita fricción causada por el cuerpo de Larenzo creó en ella un placer mucho más profundo del que jamás había sentido.

Ella gimió al sentir que explotaba por dentro y Larenzo se estremeció y terminó también.

Se quedaron varios segundos inmóviles, en la misma posición, hasta que él la abrazó y giró para colocarla encima de su cuerpo.

—¿Por qué no me has contado que eras virgen? —le preguntó en voz baja.

Emma todavía podía sentirlo dentro, todavía podía sentir el placer que la había sacudido unos segundos antes.

—Porque, como te he dicho, no importaba.

—Podría haberlo hecho de manera diferente...

—Me ha gustado así.

Él se echó a reír y la abrazó.

—Gracias, Emma.

Y ella no supo por qué se las daba. Se apoyó en los codos para mirarlo y vio que en su rostro había dolor y placer. Emma no se arrepentía, pero deseó poder borrarle los surcos de preocupación de la frente. En su lugar, le apartó el pelo de la cara y saboreó la sensación de tenerlo allí.

—Debería ser yo quien te diese las gracias —le contestó.

Larenzo esbozó una sonrisa antes de mirar hacia la ventana. La luna estaba baja, quedaban solo una o dos horas para el amanecer.

—Deberías dormir.

Emma se preguntó si querría que se marchase e hizo amago de apartarse, pero él la agarró.

—Quédate —le pidió, emocionado—. Quédate hasta la mañana.

Y así lo hizo.

Capítulo 3

LLEGARON al amanecer. Larenzo oyó llegar el primer coche, oyó el crujido de la grava, el sonido de la puerta de un coche al cerrarse con cuidado, como si quisieran ocultar su presencia. Como si pudieran hacerlo.

Se quedó inmóvil, se puso tenso. Emma seguía entre sus brazos. Emma. Le ahorraría la escena. Se merecía mucho más que aquello, pero era lo único que podía darle por el momento.

Salió de la cama con cuidado para no despertarla, la oyó suspirar en sueños y la vio girarse.

Se quedó mirándola unos segundos, disfrutando de la vista: la piel dorada, con pecas, el pelo castaño claro ondulado, las pestañas acariciándole las mejillas. Su chica por una noche.

Busco rápidamente unos pantalones vaqueros, se puso una camiseta de rugby y se pasó las manos por el pelo. Respiró hondo y volvió a mirar a Emma por última vez, era todo libertad y dicha, placer y paz. Él también había conocido todas aquellas sensaciones con ella, pero ya eran solo un recuerdo.

Decidido, se dio la media vuelta y salió de la habitación.

Emma se despertó al oír unas botas en las escaleras, pasos fuertes en la entrada. Todavía estaba abriendo los ojos y tapándose con la sábana, empezando a procesar lo que había oído, cuando la puerta de la habitación se abrió de un golpe y tres hombres entraron en ella y la fulminaron con la mirada.

—¿Qué...? —empezó, horrorizada al verlos.

Hablaban rápidamente en italiano, demasiado deprisa para entenderlos. No obstante, sí comprendió el tono, su desprecio y burla.

Se apretó la sábana a los pechos, temblando de indignación y miedo.

—*Chi sei? Cosa stai facendo?* —les preguntó, pero no respondieron.

Uno de ellos, el que parecía el líder, le arrancó la sábana.

—*Putana* —la insultó.

Ella sacudió la cabeza. Tenía la garganta seca, estaba temblando. Se sentía como si hubiese despertado a una realidad alternativa, como si estuviese en una horrible pesadilla de la que no sabía cómo despertar. ¿Dónde estaba Larenzo?

Otro hombre la agarró del brazo y la levantó. Emma intentó taparse inútilmente y el hombre recogió su pijama del suelo y se lo tiró.

—¿Es inglesa? —le preguntó.

–Estadounidense. Y mi consulado se va a enterar...

–Vístase –la interrumpió riendo–. Va a venir con nosotros.

Ella se puso la ropa rápidamente, con torpeza. Aunque fuese en pijama, se sentía un poco más valiente.

–¿Dónde está el *signor* Cavelli? –preguntó en italiano.

–Ahora está abajo, pero va a pasar el resto de su vida en la cárcel.

Emma se quedó boquiabierta. ¿En la cárcel? ¿Eran policías aquellos hombres tan horribles?

–Venga –le ordenó el hombre.

Y ella los siguió escaleras abajo.

Larenzo estaba en el centro del salón.

–¿Estás bien? ¿Te han hecho daño?

–¡Cállate! –exclamó otro hombre mientras le daba una bofetada.

Larenzo ni parpadeó a pesar de que le habían dejado una marca roja en la mejilla.

–No me han hecho daño –dijo ella en voz baja.

Y el hombre se giró a mirarla.

–Basta. No quiero que volváis a hablaros.

–Ella no tiene nada que ver en esto –intervino Larenzo con firmeza, como si estuviese controlando la situación a pesar de estar esposado–. ¿Cómo iba a contarle a una mujer, mucho menos a mi ama de llaves, nada importante?

A Emma no tenía que haberle dolido oír aquello. Sabía que Larenzo estaba intentando protegerla, aunque no tenía ni idea de qué. No obstante, le dolió. Lo mismo que la mirada de Larenzo, tan despectiva como la de los *carabinieri*.

–No es nada mío.

–No obstante, nos la llevaremos para interrogarla –replicó el otro hombre.

–No sabe nada. Es estadounidense. ¿Queréis que el consulado se meta en esto?

–Esto –replicó el otro hombre–... es lo más importante que hemos tenido en Sicilia en veinte años. El consulado me da igual.

Habían estado hablando en italiano y, a pesar de que Emma lo había entendido casi todo, todavía no entendía qué ocurría.

–Por favor, dejen que me vista –pidió con voz ronca–. Después los acompañaré y responderé a todas sus preguntas.

El hombre se giró y la fulminó con la mirada. Después asintió. Un policía la acompañó escaleras arriba y esperó a que se hubiese vestido delante de la puerta. Emma se puso ropa interior, unos vaqueros, una camiseta de manga larga y un jersey. Se lavó los dientes, se peinó y, solo por si acaso, metió en la mochila un cambio de ropa, su cámara y su archivador de fotografías. No sabía cuándo iba a volver y solo de pensarlo sintió terror.

Respiró hondo y salió de la habitación. El hombre la acompañó al piso de abajo, la puerta de la casa estaba abierta y fuera había varios coches. Estaban metiendo a Larenzo en uno de ellos. Emma se giró hacia el hombre.

–¿Adónde vamos?

–A Palermo.

–¿A Palermo? Pero si está casi a tres horas...

El hombre sonrió con frialdad.

–Sí. Me temo que vamos a causarle algunas molestias.

Tres horas más tarde estaba sentada en una sala de interrogatorios, en el cuartel de policía antimafia de Palermo. Le dieron un café frío en taza de papel y le hicieron esperar hasta que uno de los hombres que habían estado en casa de Larenzo se sentó enfrente de ella y apoyó los codos en la gastada mesa.

–Su novio está metido en un buen lío.

Emma cerró los ojos un instante. Estaba agotada, aturdida por la confusión y el miedo, y echaba de menos a Larenzo a pesar de que se obligó a recordar que casi no lo conocía. No lo había conocido hasta que, la noche anterior, la había hecho sentirse querida e importante.

–No es mi novio.

–Da igual. Va a ir a la cárcel. Probablemente, para el resto de sus días.

Emma se humedeció los labios secos.

–¿Qué... qué ha hecho?

–¿No lo sabe?

–No tengo ni idea. Solo sé que era, es, el dueño de Cavelli Enterprises.

Y que cuando la besaba se le quedaba la mente en blanco, que su cuerpo se agitaba. Entonces empezó a recordar algunas cosas que Larenzo le había dicho la noche anterior. Le había dicho que todo había sido culpa suya. ¿Qué habría hecho?

El hombre debió de ver algo en su rostro, porque se inclinó hacia delante.

–Sabe algo.

–No.

–Llevo mucho tiempo haciendo esto –le dijo él en tono casi amable–. Y sé cuando alguien está mintiendo, *signorina*.

–No estoy mintiendo. No sé nada. Ni siquiera sé qué hace Cavelli Enterprises.

–¿Y si le digo que Larenzo Cavelli forma parte de la mafia? ¿Sabría algo de eso?

Ella sintió náuseas, pero se las tragó.

–No.

–¿Nunca le preocupó que tuviese tanta seguridad en la casa?

Ella recordó la insistencia de Larenzo en que cerrase las puertas, en el elaborado sistema de seguridad.

–No.

–No se haga la tonta conmigo, *signorina*.

–Mire, tal vez haya sido una tonta, pero no sospeché nada –respondió ella, levantando la voz–. Muchas personas tienen sistemas de seguridad en casa.

–¿Cavelli no le contó nada?

Emma volvió a pensar en el dolor de su rostro, en la resignación de su voz, en la sensación de que todo se había terminado, que aquella era su última noche. Imaginó que Larenzo había sabido que iban a detenerlo. Tenía que haber imaginado que lo habían descubierto. Aunque el hombre que ella conocía no podía pertenecer a la mafia. Y, a pesar de que había sido un amante cariñoso y atento, lo cierto era que no lo conocía. Emma no había tenido ni idea de lo que ocurría hasta que no habían estado allí.

–*Signorina?*

–Por favor –dijo ella con voz temblorosa–. Solo soy su ama de llaves. Casi no lo veía. No sé nada.

La dejaron marchar ocho horas después. Cuando preguntó si podía volver a la casa, le respondieron que no.

–La está registrando la policía. Podría haber pruebas. No podrá volver en algún tiempo.

Así que Emma salió a las concurridas calles de Palermo e intentó decidir qué podía hacer. En realidad, no tenía ningún motivo para volver a la casa. No tenía nada de valor allí, salvo algo de ropa y unos libros de fotografía.

¿Adónde podía ir?

Terminó en un hotel barato, cerca de la estación de ferrocarril. Se sentó en la pequeña cama, dejó la mochila a sus pies. Toda su vida hecha jirones.

Se dijo que estaba acostumbrada a salir adelante y que encontraría otro trabajo. Podía pasar una temporada con su padre en Budapest mientras decidía adónde quería ir, lo que quería hacer.

Pero la idea no le acababa de gustar. No estaba preparada para marcharse de allí. Le gustaba su vida en Sicilia. La casa había sido lo más parecido a un hogar que había tenido nunca.

Y con respecto a Larenzo...

Había sabido que aquella noche juntos no iría a ninguna parte, pero, no obstante, había sido importante para ella. Se había sentido muy unida a él. Aunque, según la policía, fuese un mafioso. El inspector le había dicho que tenían pruebas irrefutables, fotografías, testigos, documentos. Todo lo necesario para culpar a Larenzo Cavelli de demasiados crímenes horrendos. La policía había hablado de extorsión. Robos, asaltos, crimen organizado.

Y Emma supo que no tenía elección, tenía que creer lo que le habían dicho. Larenzo Cavelli era un delincuente.

A la mañana siguiente, después de pasar la noche sin dormir, Emma fue a una cafetería para poder utilizar Internet y comprar el billete a Budapest, pero estaba a punto de hacerlo cuando se dio cuenta de que no quería ir allí. Prefería ir a algún lugar seguro, lejos de todo aquello, a un lugar en el que recuperarse. Quería ver a su hermana. La llamó por teléfono.

—¿Emma? —respondió esta, preocupada—. ¿Estás bien?

—Estoy cansada. Y agobiada.

No quiso darle más detalles por teléfono.

—Me he quedado sin trabajo en Sicilia y he pensado que me gustaría ir a verte, si no te importa.

—Por supuesto que no —exclamó Meghan—. Ryan estará encantado de verte.

Emma sonrió al pensar en su sobrino de tres años. Hacía demasiado tiempo que no lo veía, lo mismo que a su hermana.

–Dime cuándo llegas e iré a buscarte al aeropuerto.

Veinticuatro horas después Emma estaba aterrizando en Nueva York y abrazaba a su hermana.

–¿Va todo bien? –le preguntó Meghan mientras la abrazaba con fuerza.

Ella asintió en silencio. Nada iba bien, pero eso pronto cambiaría. Solo necesitaba algo de tiempo para superar aquello. Entonces volvería a viajar, a hacer fotografías, a buscar aventuras, como siempre. La idea la desoló.

Se pasó la semana siguiente durmiendo y con Ryan y Meghan, e intentó olvidarse de todo, pero una mañana su hermana levantó la vista del *The New York Times* y frunció el ceño.

–Estoy leyendo un artículo acerca de la detención de Larenzo Cavelli por su implicación en la mafia. ¿No era tu jefe?

Ella palideció.

–Sí.

–¿Es ese el motivo por el que te quedaste sin trabajo?

Emma asintió con brusquedad mientras se servía zumo de naranja.

–Sí.

–¿Trabajabas para alguien de la mafia?

–¡No lo sabía, Meghan!

–Por supuesto que no, pero me alegro muchísimo de que estés aquí, sana y salva.

Ella cerró los ojos un instante. Todavía recordaba a Larenzo tumbado encima de ella, besándola con ternura. Y pocas horas después a varios hombres entrando en el dormitorio...

–Yo también –admitió–. Yo también.

Después no pudo volver a aislarse del mundo. Leyó en el periódico que Larenzo lo había confesado todo y que no habría juicio. Lo habían sentenciado a cadena perpetua.

Dos días después se dio cuenta de que ese mes no había tenido el periodo y en tres minutos descubrió la verdad. Se había quedado embarazada de Larenzo Cavelli.

Capítulo 4

Dieciocho meses después

–¡Mírame, tía Emma!

Esta saludó a su sobrino, que estaba subiéndose a un columpio cerca de casa de su hermana. Era finales de octubre y las hojas de los arces del pequeño parque estaban rojizas. No había ni una nube en el cielo. Hacía un día fresco, pero precioso y, no obstante, ella no podía dejar de pensar en las montañas de Sicilia y en recordar lo bonita que estaba la zona en aquella época del año.

Temblando ligeramente con el viento, Emma se dijo que tenía que dejar de pensar en Sicilia. No volvería allí jamás. No volvería a ver las montañas Nebrodi. Ni a Larenzo Cavelli.

Tanto mejor.

Instintivamente miró el cochecito que tenía al lado, donde su hija Ava dormía plácidamente. Tenía diez meses, había nacido en Nochebuena y Emma todavía estaba embelesada con ella. Todavía le sorprendía que su vida hubiese cambiado de manera tan drástica.

Al enterarse que estaba embarazada había pasado varios días aturdida, además de avergonzada por no haber pensado en la protección al estar con Larenzo.

Meghan, que siempre estaba ojo avizor, solo había tardado un par de días en darse cuenta, así que Emma había terminado contándoselo todo.

–¿Qué quieres hacer? –le había preguntado su hermana directamente–. A mí me encantan los bebés, y pienso que son siempre una bendición, pero te apoyaré decidas lo que decidas.

–Gracias –le había respondido ella–. La verdad es que no sé qué hacer. Nunca había pensado en casarme ni tener familia... aunque el matrimonio no es una opción en este caso.

–Casi todo el mundo piensa en estar con alguien. ¿Por qué tú no?

–No lo sé. Ya me conoces. Me gusta ir de un lado a otro. Ver cosas nuevas. No quiero atarme.

–Pues no hay nada que vaya a atarte más que un bebé –le había respondido Meghan suspirando.

–Sí...

–Sé que el hecho de que mamá se marchase te afectó mucho, Emma –había continuado Meghan–. Más que a mí, que ya estaba en la universidad.

–También era tu madre –le había contestado ella, todavía sin mirarla.

Nunca habían hablado de aquello. Emma había estado cinco años sin ver a su madre. Louise Leighton se había mudado a Arizona con su segundo marido cuando Emma todavía estaba en el instituto. Ella había pasado varios meses con ellos allí, pero no se había sentido bien, se había sentido fatal, y se había marchado después de una fuerte discusión. Su madre no había protestado.

Desde entonces, salvo por un par de correos electrónicos, su madre nunca había intentado contactar con ella. Emma no sabía si mantenía relación con Meghan, nunca se lo había preguntado, se dijo que no le importaba.

—De todos modos —había continuado Meghan—, lo que intento decirte es que entiendo que la maternidad te asuste. No has tenido precisamente el mejor ejemplo.

—No tengo miedo —había respondido Emma, llevándose la mano al vientre—. Es solo que siento que toda mi vida ha dado un vuelco. Todo lo ocurrido en Sicilia...

Meghan se había acercado a darle un abrazo.

—Es duro —le había dicho—, pero tienes tiempo.

Con el paso de los días Emma había empezado a aceptar su nueva situación e incluso le hacía ilusión. Quería tener con su hijo la misma relación que su hermana con Ryan y ya amaba incondicionalmente a aquella persona que era parte de ella.

Había imaginado que pasaría su vida de aventura en aventura, pero tal vez la maternidad fuese la mayor aventura de todas.

Y así había sido, pensó en esos momentos, mirando a su hija, que dormía. Desde su nacimiento, Ava, que era morena y tenía los ojos verdes, había tenido el carisma de su padre.

Un padre que iba a pasarse la vida en la cárcel.

Emma había tenido año y medio para acostumbrarse al hecho de que Larenzo era un mafioso, pero el recuerdo de la noche que habían pasado juntos seguía siendo agridulce.

–¿Nos marchamos? –le preguntó Meghan, que acababa de llegar al parque–. Ryan va a querer comer antes de ir a jugar y, si no me equivoco, la señorita también se va a despertar pronto.

–Sin duda –respondió ella, agarrando la sillita de Ava.

–Emma... –empezó Meghan.

Y ella se puso tensa. Llevaba un tiempo temiéndose aquella conversación. Hacía dieciocho meses que vivía con Meghan y su marido, Pete. Ambos habían estado encantados de apoyarla durante el embarazo y después del nacimiento de Ava, pero esta cumpliría un año pronto y Emma sabía que tenía que buscar su propio camino. Tanto por su bien como por el de su hermana.

–Lo sé –respondió en voz baja, con la mirada clavada en Ava–. Tengo que marcharme.

–No –le dijo Meghan, apoyando una mano en su brazo–. No iba a decir eso. Jamás te diría algo así, Emma. Puedes quedarte el tiempo que quieras con nosotros.

Ella sacudió la cabeza. Sabía que la intención de su hermana era buena, pero también sabía que no podía quedarse allí. No había contribuido a la economía de la casa desde el nacimiento de Ava y estaban ocupando una habitación. Meghan y Pete querían más hijos y necesitaban el espacio.

–Llevo meses sabiendo que tengo que marcharme, pero... no he podido. La energía solo me daba para cuidar de Ava. No sé cómo lo haces tú.

–La maternidad nunca es fácil, y Ava es un bebé exigente –le contestó su hermana–. No se trata de Pete ni de mí, Emma. Se trata de ti. De lo que es mejor para ti. Quiero que tengas tu propia vida. Tal vez conozcas a alguien...

Emma negó con la cabeza. No quería ni pensar en conocer a alguien. Tal vez no hubiese amado a Larenzo Cavelli, tal vez este no le hubiese roto el corazón, pero sí que se lo había magullado un poco. Y, de todos modos, ella nunca había querido tener una relación estable. Mucho menos en esos momentos, con una mala experiencia y una hija.

–Tengo que encontrar trabajo.

–Tampoco es una cuestión de dinero...

–Sí que lo es, Meghan, al menos, en parte. Sois maravillosos, pero no podéis seguir manteniéndome. Tengo veintisiete años y he decidido tener un hijo. Tengo que independizarme. Quizás, si me mudase a Nueva York, podría tener un trabajo allí, algo relacionado con la fotografía.

–¿A Nueva York? –repitió su hermana–. Si es muy caro. Y no sé si habrá trabajos de fotógrafa...

–Lo sé, pero...

La otra opción era quedarse en Nueva Jersey, encontrar un apartamento diminuto que pudiese pagar con un sueldo de camarera o limpiadora, que era lo único que iba a encontrar.

–Me gusta soñar –terminó suspirando.

Meghan asintió, la comprendía.

–¿Y otro trabajo como ama de llaves? ¿Interna? Podrías tener a Ava contigo.

–No sé si hay muchos puestos así por aquí.

–Solo necesitas uno.

–Cierto –admitió Emma, mirando a su hija, que estaba empezando a despertarse–. Será mejor que nos marchemos. La princesa Ava necesita su comida.

De vuelta en casa, dieron de comer a Ava y Ryan y después comieron también mientras los dos niños jugaban a su lado.

Su hermana llevó el ordenador portátil y se metió en la página de una agencia que contrataba personal de limpieza.

Emma gimió al ver los trabajos disponibles.

–No te preocupes, encontraremos algo –le aseguró Meghan–. No hay prisa.

Pero Emma sentía que sí que había prisa, así que le pidió el ordenador a su hermana y se puso a buscar hasta que Ava empezó a llorar y tuvo que llevársela a dormir la siesta.

Con la niña en brazos, pensó que tal vez Ava fuese muy exigente, incluso difícil, pero hacía que su corazón se derritiese de amor. Jamás se arrepentiría de su decisión, aunque terminase limpiando baños el resto de su vida.

Mientras dejaba a la pequeña en la cuna pensó que la vida podía ser una aventura. Lo más importante era la actitud. Estuviese donde estuviese, hiciese lo que hiciese, podía disfrutar de su hija, e incluso intentar volver a hacer fotografías. No ha-

bía tomado la cámara desde el nacimiento de Ava,
salvo para hacer alguna foto de su hija.

Estaba bajando las escaleras después de haber
dejado a Ava durmiendo cuando oyó que sonaba el
timbre. Meghan había ido a llevar a Ryan a jugar
con otros niños, así que se apresuró para que no
volviesen a llamar y despertasen a Ava.

Abrió la puerta y se encontró frente a frente con
Larenzo Cavelli. Estaba más delgado y su aspecto
era más duro. Tenía una cicatriz en la mejilla. Y ella
lo miró aturdida, sin poder creerse que lo tuviese
delante.

—Larenzo... —balbució por fin.

—Hola, Emma.

Larenzo miró a Emma sin apasionamiento. Era
evidente que ella estaba muy sorprendida de verlo,
pero él no sintió nada, tal vez algo de remordi-
miento, un recuerdo agridulce. Tenía la sensación
de que aquella noche, tanto tiempo atrás, le había
ocurrido a otra persona, no a él. Dieciocho meses
en la cárcel cambiaban a cualquiera. Para siempre.

—¿Puedo entrar? —preguntó, dando un paso al
frente.

—No... —empezó ella, llevándose una mano a la
garganta.

Casi parecía que le tenía miedo.

—¿No pensarás que voy a hacerte daño? —le dijo
Larenzo, sin extrañarle que pensase lo peor de él,
como todo el mundo.

–No... no lo sé. ¿Qué haces aquí, Larenzo?

Le había temblado la voz. Tenía miedo. Pensaba que era peligroso. Él, por su parte, se había aferrado a la noche que habían pasado juntos durante los dieciocho meses que había estado en prisión.

–Estoy aquí... porque sentía que te debía algo –le explicó en tono frío.

–No me debes nada.

–Teniendo en cuenta que te quedaste sin trabajo, he pensado que merecías una recompensa.

–Una recompensa...

Larenzo entró en la casa y dejó un sobre en la mesa de la entrada.

–Es la paga correspondiente a seis meses. He pensado que debías tenerla.

Ella miró el sobre despectivamente.

–No quiero nada de ti.

–Es un dinero ganado honestamente –le informó–. Te lo prometo.

–¿Por qué iba a creerte? –inquirió ella–. ¿Qué haces aquí? Te condenaron a cadena perpetua...

–Salí de la cárcel la semana pasada. Es evidente que no lees la prensa.

–No... No tengo tiempo.

–Pues si leyeses los periódicos te habrías enterado de que retiraron todos los cargos contra mí.

–¿De verdad? –preguntó ella, sorprendida, mirando hacia las escaleras con nerviosismo.

¿Tanto miedo le tenía? La idea lo enfadó, le hizo sentir desesperación, pero anuló ambas emociones. Tal vez se hubiese aferrado al recuerdo de Emma durante su tiempo en prisión, pero en esos instantes no sentía nada. No podía sentir nada en absoluto.

–Sí, si estaría aquí. ¿No pensarás que me he escapado?

–Yo... no sé qué pensar –admitió ella, entrando despacio en el pequeño salón y dejándose caer en el sofá para después enterrar el rostro entre las manos–. ¿Cómo me has encontrado?

–Es la dirección que pusiste cuando solicitaste el trabajo.

Ella levantó la mirada, sorprendida.

–¿Y has venido hasta aquí solo a darme la paga de seis meses? Podías haberme hecho una transferencia bancaria.

Él apretó los labios.

–De todos modos, estaba en Estados Unidos.

–¿Y qué haces en Estados Unidos? –volvió a preguntar Emma.

–Me he mudado a Nueva York.

–Nueva York...

–¿Algún problema? –inquirió él en tono frío–. Solo he venido a darte el dinero.

–Lo sé, pero...

Volvió a mirar hacia las escaleras y Larenzo frunció el ceño, se preguntó qué habría en el piso de arriba. ¿Le estaría ocultando algo Emma?

–Da igual. Gracias por el dinero. Ha sido... todo un detalle por tu parte, teniendo en cuenta...

–¿El qué?

Ella se ruborizó.

–La situación...

—Considerando que soy un delincuente, ¿quieres decir? ¿Es eso lo que quieres decir, Emma?

Emma levantó la barbilla, lo retó con la mirada.

—¿Y si quisiese decirlo, qué?

—Pensé que me conocías mejor que eso.

—No te conocía, Larenzo. Eras mi jefe y te había visto un par de veces. Nunca habíamos tenido una conversación hasta que...

Se interrumpió bruscamente, se ruborizó y apartó la mirada.

—¿Hasta que te hice el amor? ¿Hasta que me abrazaste con las piernas por la cintura y...?

—No —le pidió ella en un susurro—. No me lo recuerdes.

Larenzo sonrió.

—¿No quieres recordarlo?

—Por supuesto que no —le aseguró Emma—. No sé por qué te han dejado salir de la cárcel, pero te quiero fuera de mi vida, Larenzo. Espero que eso no sea un problema.

—¿Un problema? Si solo he venido aquí por cortesía.

—Pues será mejor que te marches ahora.

—De acuerdo.

Apretó los puños y contuvo las ganas de preguntarle qué había hecho para que pensase que era un monstruo. Un mafioso. ¿Cómo era posible que todo el mundo lo juzgase tan injustamente?

Gracias a Bertrano.

Separó los labios para decirle a Emma que era

inocente, pero volvió a apretarlos. De todos modos, no lo iba a creer.

—Adiós —dijo en su lugar, dándose la media vuelta y yendo hacia la puerta.

De repente, oyó llorar a un niño en el piso de arriba. Con el rabillo del ojo vio que Emma se quedaba inmóvil y palidecía. No tenía que haberle extrañado oír llorar a un niño, porque sabía que Emma vivía con su hermana y la familia de esta, pero su reacción...

El niño volvió a llorar y Emma no se movió. Larenzo, tampoco. Todos sus sentidos se pusieron alerta, aunque no supo por qué.

—¿No vas a ir a ver al niño? —preguntó.

Emma tragó saliva.

—Cuando tú te marches.

—¿Es el hijo de tu hermana? ¿Por qué no lo atiende ella?

—Porque no está —respondió Emma, humedeciéndose los labios—. Por favor, Larenzo, márchate.

—Lo haré, pero, antes, ve por el *bambino*.

—No —replicó ella, presa del pánico—. Ya te he dicho que no quiero que estés aquí. Vete.

—¿Qué me estás ocultando, Emma? —le preguntó Larenzo.

—Nada...

—Dime la verdad. Me estás escondiendo algo. No sé qué es, pero...

—¿Qué iba a estar ocultándote? —lo interrumpió Emma—. ¿Un bebé?

Larenzo lo entendió todo de repente. Se dio la media vuelta y empezó a subir las escaleras.

–Larenzo... –dijo Emma, corriendo tras de él–. Por favor, Larenzo, no...

El bebé seguía llorando.

–Mamá, mamá.

–Por favor –repitió Emma, pero Larenzo la ignoró.

Abrió la puerta y sc quedó de piedra al ver al bebé que había de pie en la cuna, con el rostro lleno de lágrimas.

Emma entró en la habitación detrás de él, respirando con dificultad, y el bebé alargó los brazos.

–Mamá.

Y Larenzo lo supo. Tenía que haberlo sabido nada más ver al bebé, que tenía el pelo negro y los ojos grises, un hoyuelo en la barbilla. Se giró hacia Emma y se dio cuenta de que estaba completamente aterrorizada.

–¿Cuándo ibas a decirme que tenía una hija? –le preguntó él.

Capítulo 5

EMMA miró a Larenzo y vio furia en su mirada. ¿Por qué había dicho aquello del bebé? En esos momentos no sabía qué hacer ni qué decir. Larenzo dio un paso hacia ella, tenía los puños cerrados.

—Así que este es el motivo por el que tenías tanta prisa porque me marchara...

—Mamá —dijo Ava, todavía con los brazos estirados.

Emma se puso recta y fue hasta su hija, la tomó en brazos y apoyó la mejilla en su pelo.

—Por favor —murmuró—. Deja que la tranquilice y después hablamos.

Aunque no tenía ni idea de lo que le iba a decir. Jamás se había imaginado que algo así pudiese ocurrir. No había pensado que volvería a ver a Larenzo.

Ava continuó lloriqueando contra su pecho y Emma la calmó y después volvió a dejarla en la cuna con la esperanza de que volviese a dormirse. Mientras tanto, Larenzo esperaba en el descansillo.

Emma salió de la habitación sin hacer ruido y cerró la puerta. Larenzo estaba allí, con los brazos cruzados y las cejas arqueadas. Separó los labios para hablar, pero Emma negó con la cabeza y se llevó un dedo a los labios mientras señalaba con la cabeza hacia el piso de abajo.

En la cocina, limpió las encimeras y recogió los platos de la comida porque necesitaba estar ocupada. Larenzo la observó con un hombro apoyado en la puerta.

—No irás a negarme que es mía —dijo por fin.

Emma negó con la cabeza.

—¿Cómo iba a hacerlo? Es igual que tú.

—Sí —admitió él, pasándose una mano por el pelo y sacudiendo la cabeza—. No utilizamos protección.

—No.

—Ni siquiera pensé...

—Ni yo. Eso es evidente.

—Supongo que ha estropeado tus planes —añadió Larenzo.

—¿A qué te refieres?

—A todos tus planes de viajar. Me dijiste que te gustaba ir de un lugar a otro.

A Emma le gustó que Larenzo recordase aquello, pero no supo por qué se lo decía.

—Eso cambió cuando descubrí que estaba embarazada.

—¿Nunca pensaste en abortar?

La pregunta la dejó boquiabierta.

—¿Tú lo habrías preferido? Porque...

—No —la interrumpió él—. No, pero lo habría entendido.

—Supongo que lo pensé al principio, pero no seriamente. Nunca había pensado en casarme ni tener hijos, pero no podía... era parte de mí.

Se le hizo un nudo en la garganta y tuvo que hacer un esfuerzo para continuar.

—La he querido incluso antes de que naciera.

—¿Y llevas viviendo aquí desde que nació? —preguntó Larenzo, mirando a su alrededor.

—Mi hermana ha sido muy buena...

—Sí, por supuesto, pero ¿y tu padre? ¿Sigue en Budapest?

Así que también se acordaba de aquello.

—Sí, pero yo preferí estar aquí. Y, sinceramente, a mi padre no le hizo ninguna gracia que me quedase embarazada sin estar casada y de un hombre...

—Que estaba en la cárcel.

Emma asintió.

—En cualquier caso, estamos bien aquí.

—Pero no podéis quedaros eternamente.

—A Meghan le parece bien —replicó ella—. Y, de todos modos, a ti eso te da igual, Larenzo...

—¿Qué dices? Es mi hija. ¿Cómo se llama?

Ella dudó. ¿Y si Larenzo quería formar pare de la vida de Ava, de sus vidas? ¿Cómo iba a lidiar con aquello?

—¡Emma, dime cómo se llama! —le gritó él.

Esta se acordó de lo que Larenzo le había contado de su pasado, que nunca había tenido una familia. Y recordó también la noche que habían pasado juntos. Independientemente de lo que Larenzo hubiese hecho, ella lo había amado. Aunque hubiese sido solo una noche.

–Ava –dijo en voz baja.

–Ava –repitió él–. ¿Qué edad tiene?

–Diez meses. Nació en Nochebuena.

–¿Y no pensabas decírmelo? –preguntó Larenzo tras unos segundos de silencio.

–Estabas en la cárcel, acusado de pertenecer a la mafia. ¿Cómo iba a dccírtclo?

–Han retirado todos los cargos.

–Yo eso no lo sabía. Y sigo sin saber por qué los han retirado...

–¿Piensas que soy culpable?

–No lo sé. Larenzo, tienes que entender cómo lo pasé yo. El día que te detuvieron... aquellos hombres...

Incluso entonces, año y medio después, sentía vergüenza y miedo al acordarse.

–Fue horrible. Me pasé el día siguiente respondiendo preguntas mientras me decían que tenían pruebas... ¿Qué querías que creyese?

–A mí. Me podrías haber creído a mí.

–Confesaste –replicó Emma–. Lo leí en los periódicos. Así que te creí.

Él apretó los labios, frunció el ceño.

–Claro.

–Pero sigues pensando que tenía que haber creído en tu inocencia.

Larenzo no respondió a aquello y Emma se mordió el labio. Después de llevar año y medio creyéndolo culpable, en esos momentos tenía dudas. No sabía si era un hombre que pertenecía a la mafia o si era el que le había hecho el amor.

–Incluso ahora querías que me marchase, a pesar de que estoy libre y han retirado los cargos, has intentado mantenerme alejado de mi hija.

–Porque pensaba que seguías siendo un hombre peligroso –respondió Emma, a pesar de darse cuenta de que no le tenía miedo, no pensaba que pudiese hacerle daño.

Entonces, ¿de qué tenía miedo?

–Aunque estés en libertad debes de tener algo que ver con la mafia, si no...

–Las cosas no son como piensas. Y soy libre, así que no puedes mantenerme alejado de mi hija.

Emma se llevó una mano a la frente.

–No podemos hablar de esto ahora –le dijo–. Va a volver mi hermana y Ava no tardará en despertarse. No esperaba volver a verte, Larenzo, necesito hacerme a la idea...

–Lo entiendo –respondió él–, pero quiero que sepas que volveré, y que querré ver a Ava. No pienses que vas a poder mantenerme alejado de ella.

–Ya hablaremos –balbució Emma.

Larenzo le mantuvo la mirada durante unos interminables segundos y después se dio la media vuelta y salió de la cocina. Emma oyó cerrarse la puerta de la casa y se apoyó en la encimera, estaba emocionalmente agotada.

–¿Emma? –la llamó su hermana un minuto después–. ¿Quién era ese hombre que acaba de salir?

Ella se puso recta mientras Meghan entraba a la cocina, seguida de Ryan.

–¿Es un admirador?

–No –dijo ella, tomando aire–. Es Larenzo Cavelli.

–¿Qué? –exclamó Meghan, poniéndose seria.

Emma le explicó lo ocurrido. Estaba terminando de contárselo cuando se despertó Ava, y subió a buscarla, agradecida de tener unos minutos para ordenar sus ideas.

–Mamá –le dijo la pequeña, abrazándola por el cuello.

Emma cerró los ojos y aspiró su olor, a polvos de talco y plátano de la comida. La abrazó con fuerza y notó que se le encogía el corazón. Haría cualquier cosa por Ava. Cualquier cosa para mantenerla sana y salva... incluso mantenerla alejada de su padre.

Pero, ¿cómo iba a hacerlo? Y... ¿debía hacerlo si Larenzo era inocente?

–Ava, cariño –le susurró–. ¿Qué vamos a hacer?

Se quedó allí unos minutos, abrazando a Ava y cambiándole el pañal, intentando posponer la conversación que había dejado a medias con Meghan. Intentando no pensar en Larenzo Cavelli y en lo que iba a hacer.

Pero no pudo evitar pensar en él, en que se había mostrado frío y despiadado unos minutos antes, mientras que la noche que habían estado juntos había sido tierno, había estado desesperado, triste y resignado.

Aquello la hizo dudar.

¿Y si no era culpable?

¿Y si lo era?

–¿Emma? –la llamó Meghan desde el piso de abajo–. ¿Vas a bajar?

–Sí, ya voy –respondió ella, respirando hondo.

Se colocó a la niña en la cadera y bajó las escaleras. Ryan estaba jugando en la habitación que había junto a la cocina y dejó a Ava con él.

–No me puedo creer que Larenzo Cavelli haya estado aquí –comentó Meghan mientras ponía agua a calentar–. ¿Cómo ha sabido...?

–Puse csta dirección cuando solicité el trabajo.

–¿Y quiere ver a Ava?

–No sé qué es exactamente lo que quiere, pero me ha dicho que no voy a poder mantenèrlo alejado de su hija.

Meghan guardó silencio, había palidecido.

–¿Piensas que es inocente? Si han retirado todos los cargos...

–No tengo ni idea, Meghan. He sabido la verdad durante año y medio. No me gustaba, por supuesto, y ha habido momentos en los que no me lo podía creer, pero lo sabía.

–¿Y ahora ya no estás segura?

–No lo sé. Supongo que debería averiguar por qué han retirado los cargos contra él.

Tomó el ordenador que había en la encimera de la cocina, con el que un par de horas antes había estado buscando ofertas de trabajo.

Buscó en Internet y pronto aparecieron cientos de resultados. Hizo clic en el primero y empezó a leer el artículo.

Retiran todos los cargos que había contra Larenzo Cavelli al salir a la luz que su socio, Ber-

trano Raguso, era quien estaba realmente detrás
de las actividades ilegales...

Meghan también estaba leyendo, de pie, detrás
de ella.

—¿Piensas que es cierto? —preguntó.

—No tengo ni idea.

Emma terminó de leer el artículo.

—¿Si en realidad el culpable era su socio, por qué
confesó Larenzo? —volvió a preguntar Meghan.

—No lo sé —admitió Emma, estudiando la fotografía de Bertrano Raguso, un hombre de unos se-
senta años, con pelo cano y rostro duro—, pero si lo
han dejado salir de la cárcel...

—Habrán tenido que hacerlo si ha confesado otra
persona.

—No pienso que sea tan sencillo.

Oyó a los niños tirar juguetes en la habitación de
al lado y se levantó.

—Tengo que ir a ver a Ava —dijo—. Ya pensaré en
esto después. Y en lo que voy a hacer...

—Deberías hablar con un abogado.

La idea la preocupó. No quería tener que luchar
por la custodia de su hija, pero tampoco quería dar
carta blanca a Larenzo con la niña y exponerla a
posibles peligros...

Salvo que Larenzo fuese inocente... pero, entonces, ¿cómo era posible que no hubiese sabido lo
que hacía su socio? ¿Y por qué había confesado?

Suspiró cansada.

–Tal vez no quiera tener una relación con Ava –comentó–. A lo mejor solo quiere verla una vez...

–Tienes que estar preparada, Emma –le respondió su hermana–. Emma, ese hombre es...

–No sabemos lo que es.

–¿De verdad lo dudas?

–Ya te he dicho que no lo sé. Tienes razón, hablaré con un abogado.

Ava y Ryan empezaron a llorar, así que Emma fue a por su hija y la distrajo con un par de cuentos antes de volver a la cocina con Meghan. Su hermana estaba buscando abogados en Internet. Todavía aturdida después de lo ocurrido en tan poco tiempo, Emma estudió los resultados y después tomó el teléfono.

Capítulo 6

EMMA se atusó el pelo con nerviosismo, se alisó la falda y abrió la puerta del restaurante en el que había quedado con Larenzo. Habían pasado tres largos días desde que este se había presentado en casa de su hermana, y casi había empezado a pensar que iba a dejarla en paz.

Había hablado con un abogado dos días antes y este le había dicho que, dado que habían retirado todos los cargos contra Larenzo, este tenía derecho a ver a la niña. Sería un juez quien le limitase o negase el acceso a la pequeña si consideraba que había algún peligro para esta, pero la cosa no estaba nada clara.

Al día siguiente Larenzo la había llamado por teléfono y habían quedado a cenar en un restaurante local. Emma no tenía ni idea de lo que esperaba de aquel encuentro. Estaba hecha un lío.

El ambiente del restaurante era elegante y tranquilo, la luz de las velas parpadeaba sobre los manteles blancos. Era casi... romántico. Pero ella se recordó que independientemente de lo que Larenzo decidiese acerca de Ava, no había lugar para romanticismos en su vida.

El maître la acompañó hasta un reservado que

había en la parte trasera del restaurante, donde Larenzo la esperaba sentado, pero se levantó al verla. Iba vestido con una camisa blanca y pantalones grises, pero su aspecto era más imponente que el de cualquier otra persona del local.

Emma solo se había dejado llevar por su magnetismo en una ocasión y en esos momentos supo que tenía que permanecer inmune.

Se sentó enfrente de él y se puso la servilleta en el regazo mientras Larenzo volvía a ocupar su silla.

—Gracias por venir —le dijo este.

Ella respiró hondo.

—En realidad, no tenía elección, ¿verdad?

Él apretó los labios.

—Esto no tiene por qué ser desagradable, Emma.

—¿Cómo que no? He venido a hablar de mi hija con un hombre que está relacionado con la mafia...

—Tu hija también es mi hija. Que no se te olvide jamás.

—Por desgracia, no se me va a olvidar.

—¿Me odias? —le preguntó él—. Porque es la sensación que tengo.

—Yo... —empezó Emma, desconcertada por la pregunta—. No te odio. En realidad, no siento nada por ti, pero quiero a mi hija. Y quiero protegerla...

—¿Y piensas que yo no la quiero?

—No sé qué pensar, Larenzo. No tengo ni idea de qué creer.

—¿Por qué no intentas creerte la verdad?

—¿Y cuál es? —le preguntó, alzando la voz—. Hace dieciocho meses confesaste haber comctido varios delitos, pero hace una semana condenaron a tu socio por ellos, gracias a nuevas pruebas. ¿Qué quieres que crea? ¿Cómo esperas que pueda confiar en ti?

Larenzo espiró.

—No espero que confíes en mí porque no se puede confiar en nadie en este mundo. Eso es algo que yo también he aprendido.

—¿Por qué confesaste si no eras culpable?

—Porque había pruebas contra mí.

—¿Cómo es posible?

—Mira, no quiero hablar de todo eso ahora. Es una vida que he dejado atrás...

—¿Y yo tengo que aceptarlo, sin más?

Larenzo se inclinó hacia delante, tenía los ojos brillantes.

—Emma, ¿de verdad piensas que sería capaz de poner en peligro a mi hija? ¿Piensas que estaría aquí si quisiese hacerle daño a Ava?

Emma se mordió el labio. La respuesta era no, pero seguía teniendo miedo a que Larenzo entrase en la vida de Ava. Y en la suya. Pero no porque pudiese ser un delincuente, sino por cómo le afectaba su presencia.

—Me he marchado de Italia para siempre y he cortado los lazos con Cavelli Enterprises. Bertrano Raguso está en la cárcel por lo que ha hecho. No necesitas saber más.

—¿Por qué Nueva York? —le preguntó ella.

El camarero fue a tomarles nota y ella miró el menú con desgana. No tenía hambre. Pidieron y esperaron a que el camarero se volviese a marchar.

–Quería empezar de cero. Y Cavelli Enterprises no tenía base en Estados Unidos.

–¿Qué ha pasado con la empresa?

–El gobierno la tiene embargada. Todo está parado mientras llevan a cabo la investigación.

–Así que, aunque había pruebas...

Larenzo apretó los labios.

–Bertrano afirma ser inocente, pero las pruebas son irrefutables. Lo más probable es que se liquide la empresa y que los activos que queden se repartan entre los accionistas –comentó él con desgana.

–¿Tenías mucha relación con él? ¿Con Raguso?

Larenzo dudó antes de responder.

–Un poco.

–¿Y piensas que es culpable?

–Sé que lo es. Mi equipo lo investigó mientras yo estaba en la cárcel y encontraron pruebas de su culpabilidad, pero no quiero seguir hablando del pasado. Lo que me preocupa es el futuro.

–El pasado es importante, Larenzo...

–Ya te he contado todo lo que necesitas saber –la interrumpió–. Ahora quiero que hablemos de Ava.

–¿Qué quieres saber?

El rostro de Larenzo se suavizó un instante y estuvo a punto de esbozar una sonrisa. Emma sintió que empezaba a derretirse.

–¿Cómo es? Por lo poco que he visto hasta ahora, parece saber bien lo que quiere.

–Sí. Es una niña con mucho carácter.

–Eso le vendrá bien en la vida.

–Lo mismo me digo yo –admitió Emma sonriendo.

Larenzo sonrió también.

–Quiero verla –dijo este con firmeza.

Y Emma tomó aire.

–Hay un parque cerca de la casa...

–¿Un parque? ¿Piensas que vas a poder contentarme con una hora o dos en un parque?

–Es un comienzo, Larenzo...

–Me he perdido los diez primeros meses de la vida de mi hija. Quiero pasar tiempo con ella, Emma. Tiempo de verdad. No quiero que me la presentes como si fuese un extraño, en un parque.

Emma clavó la vista en la mesa. Tenía que haber sabido que Larenzo no le permitiría manejar la situación, que sería él el que querría llevar el control. Como siempre.

–Está bien. ¿Qué sugieres?

–He alquilado un apartamento en Nueva York, es muy amplio. Sugiero que Ava y tú vengáis a vivir conmigo.

Emma se quedó tan sorprendida que pasó varios segundos sin saber qué decir.

–¿Quieres que vaya a vivir contigo? –consiguió preguntar por fin.

–No estoy proponiendo que tengamos una relación –le aclaró él en tono frío–. Eso no me interesa, pero quiero ver a mi hija lo máximo posible, y estar presente en su vida. Tu situación actual no es sostenible ni adecuada. Así que la solución es evidente.

–Tal vez lo sea para ti –respondió ella, sacudiendo la cabeza y tomando su vaso de agua.

No había esperado que Larenzo le propusiese

algo así. Que fuese a vivir con él... estar tan cerca de la tentación...

–No veo otra alternativa –comentó Larenzo–. Quiero acceso ilimitado a mi hija...

–¿Ilimitado? Larenzo, sé razonable...

Había imaginado que tendría que compartir de algún modo la custodia de la niña, pero aquello...

Aquello era peligroso. Imposible. Tentador...

–No veo cuál es el problema –le dijo él muy tranquilo–. ¿No piensas que lo mejor para Ava es tener un padre y una madre que se interesen por ella y la quieran?

Emma tragó saliva.

–Sí, pero eso no significa que tengamos que vivir juntos...

–¿Cuál es el problema? –le preguntó él–. Tendrás tu propia habitación, tu baño, y estarás mucho más cómoda de lo que lo estás ahora.

Emma lo miró fijamente. Larenzo hacía que todo pareciese muy sencillo, pero no lo era. No podía serlo.

–Todo ha cambiado tan rápidamente –dijo por fin–. No me ha dado tiempo a procesarlo...

–Pues tómate tu tiempo –le respondió él–. Tienes hasta mañana.

–Mañana...

–Quiero ver a mi hija, Emma.

–Lo sé, pero no puedo vivir contigo.

Larenzo arqueó una ceja. Fue un gesto de seguridad y arrogancia.

–¿Por qué no?

–Porque... porque...

Porque tenía miedo de aquel hombre, pero no de que fuese un delincuente. Tenía miedo del poder que tenía sobre ella, tenía miedo de desearlo.

–Necesito tener mi propia vida, Larenzo. Tenía pensado marcharme de casa de mi hermana por ese motivo. Tengo veintisiete años y no voy a dcpender de otra persona toda la vida.

–¿Es una cuestión de dinero?

–No solo de dinero –le respondió–. Sino de independencia y autonomía. Necesito ser yo misma...

–¿Y no podrás hacerlo si vives en mi apartamento?

Emma se sintió ridícula, pero pensó que no podía aceptar la propuesta de Larenzo, que necesitaba tener sus propios planes.

–No me puedo creer que esté barajando la posibilidad de irme a vivir contigo –admitió, sacudiendo la cabeza.

–Tiene sentido.

Emma no respondió. En cierto modo, tenía sentido, cosa que la alarmaba. Tres días antes había pensado que Larenzo Cavelli iba a pasarse la vida en la cárcel. Dos días antes habría luchado con uñas y dientes para mantenerlo alejado de su hija.

Y en esos momentos se estaba planteando ir a vivir con él. Se llevó los dedos a las sienes y cerró los ojos.

–Es una locura.

–Tal vez –admitió él, encogiéndose de hombros–, pero es nuestra realidad. No voy a aceptar un no por respuesta, Emma.

Esta abrió los ojos y lo miró. Vio que su mirada era fría, dura.

—¿Qué harías si te dijese que no?

—No lo vas a hacer.

—Pero, ¿si lo hiciera?

Él dudó, luego dijo sin más:

—Pediría la custodia.

Emma palideció.

—Entonces, me estás chantajeando.

—No.

—¿Tú cómo lo llamarías? Me estás diciendo que si no vivo contigo me vas a quitar a mi hija.

—¿Y qué me estás diciendo tú a mí? —replicó él, enfadado—. Me estás diciendo que soy el padre de tu hija, pero que no quieres que forme parte de su vida aunque sea inocente.

—Yo no he dicho eso...

—Llevas diez meses diciéndolo, Emma.

Ella respiró hondo, no merecía la pena llevarle la contraria.

—Las cosas han cambiado, Larenzo, lo reconozco, pero no puedes esperar que acepte tu propuesta sin más...

—Te he dado hasta mañana.

—Muchas gracias —replicó Emma en tono sarcástico.

Era imposible razonar con aquel hombre. ¿Qué iba a hacer?

El camarero llegó con la cena y Emma tuvo un par de minutos para descansar de la intensa conversación.

Pinchó un trozo de pollo, pero se sintió incapaz de comerlo. Entonces notó la mano de Larenzo encima de la suya, repitiendo el gesto que había realizado año y medio antes, cuando le había tocado la mano y Emma se había sentido, por un instante, más cerca de aquel hombre que de ninguna otra persona en la Tierra.

—¿Por qué luchas contra esto, Emma? —le preguntó en voz baja, con el mismo pesar que aquella noche.

El contacto y sus palabras la hicieron volver a aquel momento en el que había sentido tanto por Larenzo, en el que había deseado tanto reconfortarlo. Había visto ternura y comprensión en su mirada, lo había sentido entre sus brazos.

Se le hizo un nudo en la garganta y parpadeó rápidamente.

—No lo sé —susurró.

—Yo quiero estar con Ava. Nunca he tenido familia, salvo... —se interrumpió y sacudió la cabeza—. No quiero que todo esto sea traumático, te lo aseguro, solo quiero conocer a mi hija y quererla. Por favor, deja que lo haga.

Ella lo miró y vio sinceridad y emoción en sus ojos. Y lo creyó. Creyó en su inocencia, pero, sobre todo, creyó que quisiese lo mejor para Ava.

Solo esperaba que también fuese lo mejor para ella.

Capítulo 7

NO ME puedo creer que vayas a hacerlo. Meghan estaba a espaldas de Emma mientras esta terminaba de hacer las maletas. Una para Ava y otra para ella, no tenía mucho que llevar a su nueva casa. A su nueva vida.

–Tiene sentido, Meghan –le dijo.

Era lo mismo que Larenzo le había dicho a ella la noche anterior. La noche anterior, Emma se había tumbado en la cama y había oído discutir a Meghan y a Pete. Había bajado las escaleras y había oído todo lo que decía su cuñado.

–No puede quedarse aquí más tiempo, Meghan. He tenido paciencia, pero no podemos mantener a dos personas más, y si el tal Cavelli está relacionado con...

–No tiene adónde ir, Pete –había argumentado su hermana.

–Pues tendrá que encontrar un lugar.

Después de oír aquello, Emma había vuelto a la cama.

Pete tenía razón. Tenía que marcharse de allí, por muchos motivos. Y no podía impedir que Larenzo conociese a su hija.

—Podrías quedarte aquí —insistió Meghan.

—Nueva York no está tan lejos. Y te prometo que vendré a veros.

—Sigo sin confiar en Cavelli, aunque esté en libertad...

—¿Qué hay de la presunción de inocencia? —preguntó ella—. Yo confío en él, Meghan, sé que no le haría daño a su hija. Fue bueno conmigo cuando trabajaba para él.

—Pero ¿de verdad puedes confiar en él? —continuó Meghan.

—Sí que puedo, al menos, en lo relativo a Ava.

Veinte minutos después llegaba Larenzo a recogerlas. Metió las dos maletas en el maletero y preguntó:

—¿Esto es todo lo que tenéis?

—Viajo ligera.

—Pero Ava...

—La cuna y el cambiador son de Meghan. Quieren tener otro hijo algún día, así que...

—No te preocupes por nada de eso —le dijo Larenzo—. Yo me ocuparé.

—De acuerdo —murmuró ella.

—¿Puedo? —le preguntó él, alargando los brazos hacia Ava.

Emma le dio a su hija en silencio y vio cómo Larenzo la tomaba en brazos con cierta torpeza.

—Hola, cariño —le murmuró sonriendo.

Ava se echó a reír y le agarró la barbilla y él rio también. Y Emma se dio cuenta de que era la primera vez que le oía reír. De repente, sintió ganas de llorar. Tragó saliva y vio cómo Larenzo la sentaba en la sillita que había en el coche e intentaba abrocharla sin éxito.

—No es nada fácil —comentó ella—. Sobre todo si Ava se resiste.

Respiró hondo y se acercó a ayudarlo mientras pensaba que iba a pasar muchos momentos difíciles cerca de Larenzo.

Larenzo arrancó el coche. Emma estaba sentada a su lado, mirando por la ventanilla y él no tenía ni idea de lo que estaría pensando.

Era consciente de que le había pedido que compartiese lo más importante de su vida: a su hija, pero también sabía que no podía cambiar las circunstancias.

—Gracias —le dijo de repente.

—¿Por qué? —preguntó ella, girándose a mirarlo.

—Por acceder a vivir conmigo.

—La alternativa era que intentases quitarme la custodia.

Él se sintió culpable.

—Aun así, muchas gracias.

Emma no respondió.

Hicieron todo el viaje en silencio, pero cuando llegaban a Nueva York Ava empezó a protestar.

Emma intentó distraerla con algún juguete y una galleta.

—Lo siento, pero te está manchando el coche —le dijo a Larenzo.

—No pasa nada.

—¿Estás seguro de que estás preparado para esto? —preguntó mientras Ava le daba patadas al respaldo del sillón—. Ava es una niña muy intensa.

—Ya lo veo... o más bien lo oigo —respondió él—. No sé si estoy preparado, pero estoy dispuesto a intentarlo.

—¿Querías tener hijos? —le preguntó ella—. Quiero decir antes de...

—¿Antes de ir a la cárcel? —terminó Larenzo en su lugar—. No sé si lo había pensado alguna vez. Nunca había tenido tiempo para una relación.

—Pero sí que habías estado con muchas mujeres.

—Eso no lo puedo negar —respondió él después de unos segundos.

—Tener a un bebé en casa, y a su madre, te va a cambiar un poco la vida.

—No pasa nada.

—¿Cuántos años tienes, Larenzo? ¿Treinta y pico? Seguro que antes o después te va a apetecer estar con una mujer.

Él pensó que Emma había sido la última mujer con la que había estado, y que seguía deseándola.

Mantuvo la mirada clavada en la carretera. Podía haberle dicho que no le interesaba tener otra relación ni sexo con nadie más, pero no lo hizo.

—¿Y tú?

—Yo ni me imagino conocer a alguien —respondió Emma suspirando—. Ava consume toda mi energía.

—No será un bebé eternamente.

–No, y esta situación tampoco podrá durar eternamente.

Él la miró un instante.

–¿Qué quieres decir?

–Que no voy a quedarme a vivir contigo para siempre. Lo acepto por ahora, para que puedas conocer a Ava, pero... voy a necesitar tener mi propia vida. Y tú, la tuya. Cuando Ava crezca un poco llegaremos a un acuerdo, eso es todo.

–Ya hablaremos del futuro cuando llegue el momento –sentenció él.

Estaban entrando en Manhattan.

–¿Has vivido antes en Nueva York? –le preguntó Emma.

–No mucho. Mi apartamento está en Central Park West, cerca del museo de Historia Natural. Es un buen lugar para los niños.

–Solo llevas una semana en Estados Unidos, ¿verdad? –le preguntó Emma–. ¿Cómo has conseguido alquilar un apartamento tan pronto?

–Con dinero.

–¿Tienes dinero aunque no funcione tu empresa?

–Tenía ahorros. Me desbloquearon la cuenta cuando retiraron los cargos.

–¿No me vas a contar todo lo ocurrido? –le preguntó ella directamente.

–Te he contado lo que necesitas saber, Emma.

No quería hablar con nadie de la traición de Bertano, de lo ingenuo que había sido y de lo dolido que se había sentido.

Pero Emma debió de notar algo, porque le tocó el brazo con suavidad.

—Espero que algún día puedas hacerlo, Larenzo. Tanto por tu bien como por el mío.

Después volvieron a guardar silencio hasta que Larenzo detuvo el coche frente a un edificio que había justo enfrente de Central Park. Dos porteros salieron a ocuparse del coche y de las maletas.

Larenzo sacó a la niña de la sillita y aspiró su olor. Era su hija. Todavía no podía creérselo. Tenía una familia.

—¿Quieres que la lleve yo? —le preguntó Emma, pero él negó con la cabeza.

—Está bien conmigo.

Pero la niña empezó a retorcerse para que la dejase bajar al suelo y Emma se echó a reír.

—Me parece que prefiere estar con su madre —se corrigió Larenzo.

—La verdad es que quiere gatear por el suelo y ponerse perdida —le contó Emma—. Se acostumbrará a ti.

Él asintió, no podía hablar. Había pensado que estaba vacío por dentro, pero al saber que tenía una hija, que tenía a alguien a quien amar y por quien ser amado, había vuelto a sentir.

Emma siguió a Larenzo hasta los ascensores del lujoso edificio y sintió una mezcla de emociones al llegar a su apartamento y entrar en el salón, cuyo ventanal daba a Central Park que, en esas fechas,

estaba teñido de colores de otoño. Por un lado se
sentía agradecida de que Larenzo se hubiese interesado por su hija, pero por otro tenía miedo. Miedo
de la oscuridad del pasado de Larenzo, de los secretos que no le estaba contando, pero, sobre todo, tenía miedo de sentir demasiado por él. De enamorarse de un hombre que no tenía intención de sentir
nada por ella. Se dijo que no podía ser tan débil.

–¿Quieres venir a ver la habitación de la niña?
–le preguntó Larenzo, que tenía a Ava en brazos.

Emma se giró.

–¿Hay una habitación para Ava?

–Lo trajeron todo ayer.

Emma asintió en silencio y lo siguió.

–Mi dormitorio es este –dijo él, señalando una
puerta a mano izquierda–. Y la habitación de Ava
está al lado de la tuya. He pensado que lo preferirías así.

–Sí. Gracias.

Larenzo asintió y abrió la puerta de la habitación
de la niña.

Las paredes estaban pintadas de lila, las cortinas
que enmarcaban la ventana con vistas al parque
hacían juego. Y lo mismo el resto de la decoración:
la hamaca adornada con un cojín, la lámpara. Era
una habitación preciosa, perfecta para un bebé.

–Pensé que preferirías que no fuese todo del típico rosa –comentó Larenzo con cautela–, pero si
no te gusta podemos cambiarlo. Puedes cambiar
cualquier decoración del apartamento que no te
parezca bien.

–No quiero cambiar nada –respondió ella con toda sinceridad–. Me encanta. Es perfecto, Larenzo. Gracias.

–Bien.

Emma dejó a Ava en la mullida alfombra y la niña fue directa a un caballito de madera que en realidad era un unicornio.

–Es muy lista, ¿verdad? –preguntó Larenzo con orgullo–. No tardará en andar.

–Y entonces no habrá manera de pararla –comentó Emma, mirando a su alrededor–. ¿Has contratado a un decorador de interiores?

–No, lo he hecho yo. He disfrutado mucho escogiéndolo todo.

–Ha debido de llevarte mucho tiempo...

–No, solo una tarde. Llamé a los pintores para que viniesen y los muebles los he montado yo. Ya te dije que quería implicarme en esto, Emma.

–Lo sé, pero... cuando trabajaba para ti siempre estabas trabajando. Y tu vida...

–Ahora es diferente.

–Sí. Ahora todo es diferente –admitió ella.

Capítulo 8

EMMA puso a Ava a dormir en su cuna nueva y fue a deshacer la maleta a su habitación. Mientras lo hacía, oyó a Larenzo en su dormitorio, al otro lado del pasillo. Su cercanía la ponía nerviosa.

Todavía se sentía muy atraída por él, tenía que reconocerlo e intentar lidiar con la situación. Él le había dejado claro que no tenía ningún interés en ella y Emma se dijo que era lo mejor. Su relación ya era demasiado complicada.

No obstante, al ver la ternura con la que trataba a Ava, la consideración que tenía hacia ella misma, había deseado cosas que no debía desear.

Ava seguía durmiendo cuando Emma terminó de ordenar sus cosas, así que fue al salón. Era una habitación espaciosa y lujosa, pero carente de objetos personales o recuerdos. Aunque era normal, dado que Larenzo había comprado el piso solo una semana antes. Debía de haberlo comprado ya amueblado.

Emma estaba nerviosa y no sabía por qué, así que se acercó a la ventana y se imaginó paseando a Ava por Central Park y descubriendo la ciudad con la pequeña, lo que la animó un poco.

–¿Te ha parecido adecuada tu habitación?

Emma se giró y vio a Larenzo en la puerta. Se había quitado la ropa informal de por la mañana y llevaba un traje de chaqueta azul marino. Estaba devastadoramente atractivo.

–Sí, gracias. Más que adecuada. Es un apartamento precioso, Larenzo.

–Si hay algo que no te guste, puedes cambiarlo.

Ella pensó en decirle que no iba a quedarse allí mucho tiempo, pero en su lugar se limitó a asentir.

–Tengo unas reuniones de trabajo, así que me tengo que marchar, volveré por la noche –comentó él.

–De acuerdo. ¿Quieres que prepare algo de cenar?

La pregunta pareció sorprenderlo.

–Si no te importa –respondió después de unos segundos.

–No me importa.

Despidiéndose con un movimiento de cabeza, Larenzo se marchó y Emma se quedó allí unos instantes, sintiéndose vacía, incapaz de decidir si se sentía aliviada o... decepcionada.

Fue a la cocina, que era enorme y estaba muy bien equipada, y descubrió que no había comida.

Cuando Ava despertó un poco después, la sentó en la sillita último modelo que había en la entrada y salió con ella a la calle, donde corría un frío viento de otoño.

Compró en una tienda los ingredientes necesarios para preparar una lasaña y una botella de vino.

Pensó que aquella era su vida, al menos por el momento, y que lo mejor que podía hacer era disfrutarla. Cuando Ava empezó a cansarse de estar sentada, volvió a casa, donde colocó la comida y dejó a la niña en el suelo con unas cucharas de madera y unas cazuelas para que se entretuviese haciendo ruido.

Mientras preparaba la lasaña y una ensalada, Emma empezó a relajarse. Le gustó ser la dueña de la cocina, en vez de ser la intrusa en la de Meghan. Aunque su hermana la había acogido con mucho cariño, ella siempre había sido consciente de que era una carga. Allí, al menos, tenía un trabajo que hacer. Podía actuar como si fuese el ama de llaves de Larenzo, sería un modo de ganarse el sustento y de sentirse útil.

Estaba sacando la lasaña del horno cuando Larenzo apareció en la puerta de la cocina. Se había quitado la chaqueta del traje y se había aflojado la corbata, estaba muy sexy.

Lo vio mirar a su alrededor y Emma se dio cuenta de que todo estaba hecho un desastre.

–Lo siento, no se me da bien ir recogiendo mientras cocino –se disculpó.

–No pasa nada, me gusta –respondió él–. ¿Pongo la mesa?

Empezó a sacar los cubiertos del cajón y Emma notó que se le encogía el pecho ante una escena tan... normal, tan hogareña.

Ava vio a su padre y dejó a un lado las cacerolas para ir gateando hasta él y agarrarse a sus piernas para ponerse en pie. Larenzo la miró y su rostro se suavizó.

–Me temo que te ha abollado alguna cacerola –comentó Emma mientras terminaba la ensalada.

–No me importa –respondió él, tomando a la niña en brazos antes de dejar los cubiertos en la mesa de la cocina–. Estaremos mejor aquí que en el salón, creo que en la mesa caben veinte personas.

–¿Tienes pensado dar muchas fiestas?

–No, ni siquiera conozco a veinte personas a las que invitar.

–¿No tienes muchos amigos en Estados Unidos? –le preguntó ella con curiosidad.

–No tengo muchos amigos, punto –respondió Larenzo–. Cuando uno entra en la cárcel se da cuenta de quiénes son sus amigos, y yo he descubierto que tengo muy pocos.

Intentó sentar a Ava en la trona que había acercado a la mesa, pero la niña no le dejó.

–No le gusta que la aten –comentó Emma sonriendo–. Déjala en el suelo hasta que nos sentemos nosotros.

–Supongo que tengo mucho que aprender.

–Por suerte, Ava te hará aprender muy deprisa.

Emma llevó la comida a la mesa y ambos se sentaron. Ava se acercó a ellos y le tendió los brazos a Larenzo, que sonrió y la sentó en la trona sin que la niña protestase.

–Háblame de los diez últimos meses –le pidió entonces a Emma–. O incluso de antes. ¿Cómo fue el embarazo?

–Muy tranquilo, afortunadamente –respondió Emma–. Durante los tres primeros meses tuve bastantes náuseas, pero luego se me pasaron. Después la niña empezó a dar patadas y no me dejaba dormir por las noches.

Larenzo sonrió y todo su rostro se iluminó.

–¿Y el parto? ¿Fue bien?

–Todo lo bien que puede ir algo así. Fue muy doloroso.

–¿No te dieron nada para el dolor?

–No dio tiempo. Se me adelantó una semana y yo no pensé que estuviese de parto porque las contracciones eran bastante irregulares y no me dolía mucho –le contó–. No me puedo creer que te esté contando todo esto.

–¿Por qué no? Quiero oírlo.

Ella se preguntó si habría querido saberlo entonces. Si se habría implicado también si no hubiese estado en la cárcel. ¿Habrían salido juntos o incluso se habrían casado? Se ruborizó solo de pensarlo, pero se aclaró la garganta y continuó.

–Mi hermana me había dicho que el primer hijo tarda en llegar, y yo no quería pasarme la Navidad en el hospital, así que cuando me quise dar cuenta de que tenía que ir, Ava ya casi estaba aquí.

–Me hubiese gustado estar presente –comentó Larenzo en voz baja.

–¿Qué piensas que habría pasado si no hubieses ido a la cárcel? –le preguntó ella sin pensarlo.

Él frunció el ceño.

–¿A qué te refieres?

–Yo habría seguido siendo tu ama de llaves. Y te habría contado que estaba embarazada.

Larenzo suspiró.

–Lo cierto, Emma, es que si yo no hubiese ido a la cárcel, si no hubiese sabido que iba a ir a la cárcel, no habría habido bebé. Aquella noche ocurrió porque yo sabía que iban a venir a detenerme por la mañana.

–Ah –dijo ella, dolida por la respuesta–. Entiendo.

–Aquella noche me entregaste algo precioso.

–¿Mi virginidad? –preguntó ella.

–No, no me refería a eso, aunque también lo fuese. Quería decir que me reconfortaste. Conectamos. Me diste placer, pero no un placer meramente físico, aunque también lo hubiera, sino el placer de hablar contigo y de disfrutar de tu compañía, jugar al ajedrez, ver tus fotografías... El recuerdo de aquella noche me ayudó mucho mientras estaba en la cárcel.

–Ah.

Emma ya no se sentía tan dolida. Se sentía... orgullosa de haber sido tan importante para él.

–Me alegro mucho.

–Y mira el resultado –dijo Larenzo, mirando a Ava, que tenía salsa de tomate en el pelo–. No me arrepiento de nada, pero creo que necesita un baño.

–¿Quieres que...? –empezó Emma, al ver que Larenzo se levantaba para sacar a Ava de la trona.

–Puedo hacerlo yo.

–A veces se pone muy revoltosa en la bañera...

Como para demostrarle de lo que era capaz, Ava empezó a retorcerse en brazos de Larenzo y le llenó la camisa de tomate.

Ava se la quitó de las manos y se la metió debajo del brazo como si fuese un paquete.

–He descubierto que, en ocasiones, hay que hacerlo así –comentó antes de llevarse a la niña al baño.

Larenzo la siguió y vio cómo Emma abría el grifo de la bañera.

–Por suerte, le gusta bañarse –comentó Emma, mirando por encima del hombro y viendo que Larenzo se desabrochaba la camisa.

–No me quiero mojar –le explicó este–. Y tengo la sensación de que a Ava le gusta salpicar.

–Sí –respondió Emma, apartando la mirada de su musculoso torso.

Supo que lo mejor sería que volviese a la cocina a recoger la mesa, pero no pudo moverse de allí y se quedó mirando cómo Larenzo luchaba para quitarle la ropa a la niña y después la metía con firmeza en la bañera.

Emma se preguntó qué habría pasado si todo hubiese sido diferente. Si se hubiese quedado embarazada, pero Larenzo no hubiese ido a la cárcel. Si hubiesen formado una familia de verdad.

Supo que no debía atormentarse con aquello, pero no pudo evitar desearlo.

Media hora después había recogido la cocina cuando Larenzo apareció con Ava en pijama.

–Se lo has abrochado mal –le informó ella divertida.

–Es peor que una camisa de fuerza –dijo él–. Hay miles de botones.

–Voy a prepararle el biberón para que pueda irse a dormir –dijo Emma, sacando un bote de leche en polvo que había llevado de casa de Meghan–. Por cierto, que tenías la nevera vacía, no creo que haya nada para el desayuno.

–Puedo pedir que nos traigan la compra, salvo que prefieras salir a hacerla tú.

–Había pensado que... como no voy a estar cómoda viviendo de ti, podría ser tu ama de llaves. No hace falta que me pagues, pero al menos así te compensaré por la estancia y la comida.

–Ava es mi hija, Emma, y tú eres su madre. No se trata de quién paga la estancia y la comida.

Ella respiró hondo.

–Quiero hacerlo, Larenzo. Me has dicho que no quieres tener una relación conmigo, que solo quieres conocer a Ava, y lo respeto, pero el único motivo por el que estoy aquí es ella y necesito tener algo que hacer. Un trabajo.

Larenzo se quedó callado y Emma no supo qué estaba pensando. Tomó a su hija en brazos y añadió:

–Voy a meterla en la cama. Piénsalo al menos.

–Está bien, puedes hacer como si fueses mi ama de llaves, pero no quiero que nada te quite tiempo de estar con Ava.

–Muchas mujeres se ocupan de la casa y de un bebé –respondió Emma–. Yo también puedo hacerlo.

Larenzo no respondió y ella fue hacia la habitación de la niña preguntándose por qué no tenía la sensación de haber cosechado una victoria.

Capítulo 9

OTRA noche sin dormir. Larenzo estaba acostumbrándose al insomnio. Había dormido muy mal en la cárcel y era toda una ironía que siguiese haciéndolo una vez libre, en una cama enorme y en un apartamento tranquilo y silencioso.

Con Emma enfrente.

Se imaginó levantándose de la cama y yendo a su habitación. Se la imaginó durmiendo, con el pelo castaño sobre la almohada y el pijama corto que había llevado en Sicilia.

Luego se imaginó metiéndose con ella en la cama, abrazándola y enterrando el rostro en su pelo limpio, haciéndola suya...

Gimió y se levantó de la cama para ir al cuarto de baño a lavarse la cara con agua fría. Tenía que controlar su libido con ella porque no tenía nada que ofrecerle. No era capaz de tener una relación, de confiar ni de amar a nadie.

Quería a Ava porque era dulce e inocente, y porque era su hija, pero ¿querer a una mujer? ¿Cómo iba a confiarle a alguien su corazón hecho pedazos?

Era imposible.

Y la alternativa, tener solo una aventura, solo complicaría más aquella situación. Aunque tampoco quería que Emma fuese su ama de llaves. Estaba allí porque era la madre de su hija, porque era donde tenía que estar...

Suspiró. Emma estaba allí porque tenía que estar con Ava, no con él.

Así que, tal vez, aunque no le gustase la idea, lo mejor sería considerarla un ama de llaves.

Oyó un sollozo y se dio cuenta de que Ava se había despertado. Salió de la habitación y fue a la de esta. Ava estaba de pie en la cuna, con el rostro lleno de lágrimas. La tomó en brazos y se le encogió el corazón cuando la niña apoyó el rostro en su pecho. Sin pensarlo, empezó a cantarle una nana en italiano y a acariciarle el pelo.

Después de unos minutos, cuando estuvo seguro de que la niña se había vuelto a dormir, la dejó de nuevo en la cuna.

—Qué nana tan bonita.

Larenzo se puso tenso y miró a la mujer que había en la puerta de la habitación. Emma estaba despeinada, pero sus ojos desprendían luz. Tal y como había imaginado, llevaba un pijama corto y muy fino, y sintió deseo al descubrir sus curvas debajo de él.

—Está dormida —susurró, saliendo con cuidado de la habitación.

Emma cerró la puerta y ambos se quedaron en el pasillo, muy cerca el uno del otro.

—¿Qué decía? —susurró Emma.

–¿Qué decía? –repitió él.

–La nana. No la he entendido. Supongo que se me ha olvidado el italiano.

–Ah... Decía: «duérmete, duérmete mi niña, que tu madre no está aquí». Es la única nana que conozco. De hecho, no me he dado cuenta de que la sabía hasta que he empezado a cantarla.

–¿Es de tu niñez? –le preguntó Emma.

–Supongo, pero no recuerdo que nadie me cantase nanas –respondió él con amargura–. En cualquier caso, parece que a Ava le ha gustado.

–Gracias –le dijo Emma, apoyando la mano en su brazo.

Había hecho lo mismo en Sicilia y él había puesto su mano encima y, por un instante, no se había sentido solo, se había sentido... querido.

Pero de eso hacía mucho tiempo y, al fin y al cabo, no había sido real.

–No ha sido nada –respondió, dándose la vuelta para volver a su habitación.

El sol de la mañana entraba por la ventana de su habitación cuando Emma despertó al oír la risa de Ava. Se estiró y disfrutó de aquel momento de relajación y entonces oyó también la risa de Larenzo y pensó en que nunca había visto nada tan bello como a Larenzo cantándole una nana a su hija la noche anterior.

Si la noche anterior la hubiese besado, habría estado perdida, pero, en su lugar, se había apartado.

Emma se levantó de la cama, se puso unos vaqueros y un jersey y salió de su habitación.

Larenzo iba vestido de traje y ya le había cambiado el pañal a Ava y estaba intentando abrocharle un body, pero Ava se resistía.

—Te está ganando —comentó Emma en tono de broma.

—Eso parece.

—¿Quieres qué...?

—Por favor.

Larenzo retrocedió y Emma terminó de vestir a la niña con una sonrisa.

—Es evidente que tienes buena mano —comentó él.

—Tengo años, bueno, meses de práctica —respondió ella, girándose y notando que se le hacía un nudo en el estómago al tenerlo tan cerca—. ¿Adónde vas tan elegante?

—Tengo un par de reuniones, pero antes podemos desayunar si quieres. He salido temprano y he comprado café y unos bollos.

—De acuerdo —dijo Emma, siguiéndolo hasta la cocina con Ava apoyada en la cadera—. ¿A qué te dedicas exactamente?

—He creado una empresa nueva —le respondió Larenzo mientras servía dos tazas de café—. LC Investments.

—¿Y qué vas a hacer?

—Pretendo invertir en otras empresas que estén empezando y a las que los grandes bancos no den préstamos.

–Me parece algo muy noble.

–Siento compasión por los desfavorecidos.

Ella se preguntó si se sentiría identificado con ellos. No obstante, era un hombre poderoso, carismático y arrogante. Se lo había parecido incluso esposado en Sicilia. Y allí de pie en la cocina, con la taza de café en la mano, parecía todo un señor.

–¿Te sentiste así de niño? –le preguntó después de unos segundos.

–Supongo que me habría sentido así si me hubiese parado a pensarlo, pero solo intentaba sobrevivir.

–Es increíble lo lejos que has llegado. Deberías estar orgulloso de ti mismo, Larenzo.

–Lo cierto es que me ayudaron.

Aun así.

Larenzo dejó su taza vacía en el fregadero.

–Tengo que marcharme. No sé a qué hora voy a volver –añadió–. No me esperes.

Emma asintió. Larenzo le dio un beso en la cabeza a Ava y se marchó. Y ella se sintió vacía.

Oyó su teléfono y vio que se trataba de Meghan.

–Hola –respondió.

–¿Estás bien?

–Sí, estoy bien –respondió ella, mirando por la ventana, hacia Central Park–. Terminando de desayunar.

–¿Se está portando bien Cavelli? –le preguntó su hermana.

–Mejor que bien. Incluso se ha levantado a media noche para atender a Ava.

–¿De verdad? ¿No estará fingiendo que le interesa Ava...?

–No. ¿Para qué iba a hacer eso?

–No lo sé. Para lavar su imagen. En cualquier caso, no te fíes de él, Emma. He hablado con un abogado y se lo he contado todo y me ha dicho que...

–Meghan, no tienes ningún derecho a hablar de mis cosas con un abogado.

–Estoy preocupada por ti, Emma –le replicó su hermana–. Es evidente que todavía sientes algo por ese hombre, pero en realidad no lo conoces, no sabes de qué es capaz.

–No te preocupes. Larenzo se está portando muy bien con Ava. Y, al fin y al cabo, es su padre.

–¿Y si resulta que es realmente peligroso?

–No lo es. Confío en él.

–¿Cómo puedes confiar...?

–Confío en él, Meghan –la interrumpió Emma–. Y ahora tengo que dejarte. Ava se está poniendo nerviosa.

Ava, que estaba comiéndose tranquilamente un bollo, la miró. Emma colgó el teléfono y lo tiró sobre la encimera. Estaba temblando.

Su hermana tenía razón en cierto modo. No conocía a Larenzo, aunque tuviese la sensación de hacerlo.

Ava tiró el bollo al suelo y ella se dijo que era hora de salir a dar un paseo.

Un rato después, mientras empujaba la sillita por Central Park, Emma pensó que aquel era uno de los lugares más bonitos del mundo. Comieron unos perritos calientes y después Ava se quedó dormida y ella siguió paseando.

Según andaba, Emma sintió que su alma se llenaba de vida. Hasta entonces, no se había dado cuenta de lo estancada que había estado viviendo con su hermana. Agradeció que Larenzo la hubiese sacado de allí.

Cuando Ava se cansó de estar en la sillita, Emma volvió hacia el apartamento. En vez de subir, se quedó en los columpios que había justo enfrente de la entrada del parque. Sacó a la niña y la subió a uno.

No supo cuánto tiempo llevaba allí, jugando con la niña, pero pensó que era hora de marchar porque ya se estaba poniendo el sol.

De repente, una mano la agarró con fuerza del hombro y ella se giró.

—¿Se puede saber dónde has estado?

Capítulo 10

ME HAS asustado, Larenzo –le dijo, llevándose la mano al corazón–. ¿Por qué has hecho eso?

–Responde a mi pregunta, Emma.

Ella lo miró sorprendida.

–¿Que dónde he estado? –respondió enfadada–. Aquí, en el parque, con Ava. Hacía un día precioso y he querido salir a ver la ciudad.

–No me habías dicho que ibas a ir al parque.

–No sabía que tuviese que informarte de todos mis movimientos –añadió, sacando a Ava del columpio.

Larenzo se quedó en silencio un momento, era evidente que estaba furioso.

–No me gusta no saber dónde estáis.

–¿Y qué vas a hacer? ¿Ponerme un microchip en el hombro? –le preguntó ella exasperada–. Necesito cierta libertad, Larenzo.

Él no respondió y Emma suspiró y sentó a Ava en la sillita.

–Vamos al apartamento. Aquí estamos llamando la atención.

Larenzo miró a su alrededor con el ceño fruncido.

–Está bien –dijo, agarrando la sillita y empujándola hacia la salida del parque.

Estaban llegando a la puerta cuando Larenzo soltó la silla y se dirigió hacia un hombre que tenía una cámara de fotos en las manos. Se la arrebató y empezó a tocar algunos botones.

–Eh, no puede hacer eso.

–No quiero que fotografíe a mi familia.

–Así que los rumores son ciertos, ¿tiene un hijo?

–Se lo voy a repetir: no haga fotografías a mi familia.

Sin más, se giró y volvió con Emma, que se había quedado de piedra.

–Cavelli –lo llamó el otro hombre–, ¿es cierto que ha sido usted quién ha conseguido las pruebas contra Raguso? Dicen...

–Vamos –dijo Larenzo, caminando rápidamente hacia la salida del parque.

Emma lo siguió en silencio y esperó a que estuviesen en casa y a haber dejado a Ava jugando en el suelo del salón para pedirle explicaciones.

–¿Qué ha pasado en el parque?

–Era un paparazzi. Tenía que haber imaginado que me encontrarían. No deberías sacar a Ava hasta que la prensa no se tranquilice.

–¿Tengo que estar prisionera aquí? –preguntó ella.

–A mí no me parece que estoy sea una cárcel.

Ella se ruborizó.

–Ya sabes lo que quiero decir, Larenzo. Me vol

veré loca si tengo que estar todo el día aquí encerrada.

—Serán solo un par de días.

Emma respiró hondo.

—¿Por qué ha sugerido que presentaste pruebas
contra tu socio?

Larenzo apretó los labios enfadado.

—Porque está intentando vender periódicos y necesita tener algo que contar. Supongo que sabes
cómo funcionan esas cosas, Emma.

—¿Pero es eso verdad, Larenzo? —volvió a preguntar ella en voz baja.

—¿De qué me estás acusando exactamente, Emma?

—No lo sé —admitió ella—. Ojalá supiese más,
Larenzo. Tengo la sensación de que hay cosas que
no me has contado.

—Ya te he dicho que Raguso es culpable. No hay
duda. Hay pruebas.

—También dijiste que había pruebas contra ti...

—¡Porque me engañaron! —respondió él, alzando
la voz—. Me tendieron una trampa y fui tan ingenuo
que no me di cuenta. ¿Contenta?

Emma no respondió, Ava levantó la vista, estaba
a punto de llorar.

—¿Por qué no me has contado eso desde el principio? —preguntó Emma—. No tienes de qué aver-
gonzarte...

—Me avergüenzo —admitió él, apartando la mirada—. No quiero que hablemos más de esto.

—De acuerdo, no hablaremos más del tema, pero
quiero saber por qué estabas tan enfadado cuando

me has encontrado en el parque. No tienes que controlar...

–He llamado a casa varias veces y no había nadie. Era la hora de la siesta de Ava y pensé que estarías aquí. Estaba preocupado.

–Pero si dijiste que no había ningún peligro...

–Me preocupaba que te hubieses marchado –admitió Larenzo–. Pensé que os habíais ido las dos.

Emma lo miró sorprendida, había vulnerabilidad en sus ojos.

–Larenzo, si quisiese marcharme, te lo diría, pero no voy a ir a ninguna parte.

Él se encogió de hombros, su expresión volvía a ser impasible.

–Sé que tu hermana no quiere que estés aquí. Y que estás muy unida a ella. Debe de ser como una figura materna para ti, así que tenía miedo de que te hubiese convencido.

Emma tragó saliva.

–Es cierto que me ha llamado esta mañana.

–¿Y te ha dicho que vuelvas con ellos?

–No, pero tienes razón, no le gusta que esté aquí.

–Lo comprendo.

–¿De verdad?

–Por supuesto, yo también lo estaría si fuese tu hermana, pero espero que acabe dándose cuenta de que no hay ningún peligro. Y espero que tú también.

–Yo ya lo sé, Larenzo –admitió Emma–. Siento haberte cuestionado.

–Es normal –contestó él–. Es una situación complicada para todos, pero para ti todavía más.

–Gracias por reconocerlo.

Él asintió y Emma tuvo la sensación de que habían llegado a una tregua, que incluso se entendían. Respiró hondo y después se agachó a tomar a Ava en brazos.

–Debería empezar a preparar la cena. No me había dado cuenta de lo tarde que era –se disculpó.

–Yo vigilaré a Ava mientras tanto –respondió Larenzo.

Y, en un gesto que a Emma le resultó extraño y natural al mismo tiempo, le dio la niña a su padre.

Durante las siguientes semanas Emma fue acostumbrándose a una nueva rutina que le resultó cómoda y extraña al mismo tiempo. Larenzo trabajaba casi todos los días y ella realizaba sus tareas de ama de llaves y después salía a descubrir la ciudad con Ava. Incluso apuntó a la niña a unas clases de gimnasia y conoció a otras mamás en el cuentacuentos de la biblioteca. Aunque no fuese mucho, estaba mucho más activa que durante los meses que había pasado en casa de Meghan.

También tenía una rutina con Larenzo, que se levantaba temprano y se ocupaba de Ava mientras Emma disfrutaba de unos minutos más en la cama. Después desayunaban los tres juntos antes de que Larenzo se fuese a trabajar. Este volvía sobre las seis o seis y media y volvían a cenar juntos, bañaban a Ava y le leían un cuento. Era un tiempo maravilloso como familia. Porque eran una familia, aunque no fuese convencional. Y Emma se preguntaba cuánto tiempo duraría aquello.

Al principio, después de que Ava se durmiese, cada uno se iba por su lado. Larenzo a trabajar a su despacho y Emma a leer o a ver la televisión en su habitación. Entonces, una noche en la que Emma estaba nerviosa y no podía estar encerrada en su habitación, salió al salón y empezó a mirar los libros que había en la estantería.

–¿Va todo bien? –le preguntó Larenzo, que acababa de salir de la cocina.

–Sí, más o menos –respondió–. Estoy aburrida.

–¿Por qué no vas a ver una película?

–¿Yo sola?

–En una ocasión me dijiste que te gustaba estar sola –le recordó él.

–Lo sé, pero esta noche, no.

–Entonces, ¿por qué no jugamos al ajedrez?

–De acuerdo –respondió ella, siguiéndolo hasta su despacho–, pero tengo la sensación de que me vas a dar una paliza. Otra vez.

–No te rindas antes de empezar –le dijo Larenzo sonriendo mientras ambos se sentaban–. Salen las blancas.

–Lo recuerdo.

Larenzo la miró fijamente.

–Yo también –comentó en voz baja.

Y Emma supo que no se refería al ajedrez.

Tragó saliva y se atrevió a preguntar:

–¿Piensas alguna vez en aquella noche?

Él tardó en responder y Emma no pudo mirarlo.

–Todo el tiempo –admitió él–. Deberías mover.

Jugaron en silencio y Emma pensó que sería muy fácil que Larenzo alargase las manos y la tocase, que la besase como aquella noche...

Le temblaron las manos y tiró varias piezas por el tablero.

–Lo siento –dijo, mordiéndose el labio inferior.

Larenzo las levantó.

–No pasa nada. De todos modos, iba a darte jaque mate en tres movimientos más.

–¿Dónde aprendiste a jugar al ajedrez? Supongo que no fue en el orfanato –comentó Emma.

–Me enseñó mi socio.

–¿Tu socio? ¿Te refieres a Bertrano Raguso?

Larenzo asintió.

–En ese caso, teníais muy buena relación.

–Éramos amigos –admitió Larenzo–. Buenos amigos.

–¿Fue él quién te traicionó?

Larenzo volvió a asentir.

–Lo siento –le dijo Emma en voz baja–. Debió de ser muy duro, verse traicionado por alguien a quien querías.

–Me pregunto cómo pudo hacerlo –le confesó Larenzo después de unos segundos, con la mirada clavada en el tablero–. Si estaba tan desesperado... Ojalá hubiese hablado conmigo. Habría intentado ayudarlo.

Las semanas fueron pasando y los árboles se quedaron sin hojas, creando una alfombra rojiza y dorada por los caminos de Central Park. Ava empezó a andar agarrándose a sillas y mesas. Emma la llevaba todos los sábados a Nueva Jersey, a ver a Meghan y a su familia. Afortunadamente, su hermana había empezado a ser más comprensiva con Larenzo y ya no hablaba de él, pero Emma tenía la esperanza de que algún día se diese cuenta de que no era como ambas lo habían imaginado al principio.

Cuanto más tiempo pasaba con él, más le gustaba. Podía ser divertido y amable, y su ternura con Ava hacía que se le llenasen los ojos de lágrimas. Y a Emma cada vez le costaba más ignorar la química que había entre ambos. Además, saber que él también recordaba aquella noche juntos...

Era la más dulce de las torturas y Emma sabía que antes o después tendría que terminar. O ella dejaba de soñar con Larenzo, o le preguntaba si quería que su amistad, porque eran amigos, se convirtiese en algo más. En cualquier caso, tenía que hacer algo porque era consciente de que estaba empezando a enamorarse del padre de su hija.

Capítulo 11

QUÉ te ocurre? –le preguntó Larenzo, levantando la vista de la tablet, en la que había estado leyendo las noticias.

Emma se sobresaltó.

–Nada –respondió rápidamente, limpiando la mesa de la cocina con un paño húmedo.

–Sé que te pasa algo –insistió él–. ¿Por qué no me lo cuentas?

Intentó no ponerse tenso ni pensar mal. Las últimas semanas con Emma y Ava habían sido casi perfectas. Tal vez demasiado, porque la perfección no existía, no podía durar.

No obstante, había disfrutado tanto del tiempo que había pasado con ellas... El hecho de tener una familia le parecía un milagro y al ver a Emma con el ceño fruncido, inquieta, se temió lo peor.

Porque, al fin y al cabo, aquella familia era más que nada una fachada. En realidad, no se querían.

Aunque él, en el fondo, y en el corazón, sabía que eso no era cierto. Ava le importaba... y Emma también.

–No es nada –repitió ella mientras tiraba a la basura las migas de las tostadas–. De verdad.

Larenzo lo dejó pasar porque quería que todo continuase como estaba y le preocupaba que pudiese cambiar.

–¿Qué vas a hacer hoy? –le preguntó entonces Larenzo.

Emma se levantó de la mesa sin mirarlo a los ojos.

–Voy a llevar a Ava a clase de gimnasia y a hacer un par de recados –le respondió–. Nada emocionante.

Larenzo se preguntó si sería infeliz con su vida allí. Al principio no había querido ir con él, pero las últimas semanas le había parecido que estaba bien. Y tenía la sensación de que ambos disfrutaban de la compañía del otro.

Pero podía estar equivocado.

–A mí me parece divertido.

Ella se encogió de hombros y Larenzo pensó que le estaba ocultando algo. Estaba seguro.

Se levantó de la mesa y le dio un beso a Ava en la cabeza. Después hizo un esfuerzo y sonrió a Emma como si no pasase nada antes de marcharse a trabajar.

Había alquilado una oficina en el centro como sede de LC Investments. Según iban pasando los días, se iba dando cuenta de que el camino iba a ser largo y arduo. Muchas personas pensaban que tenía algo que ver con las actividades delictivas en las que había estado metido Bertrano, y él lo comprendía. Había estado ciego al no darse cuenta y pagaría por ello durante el resto de su vida.

Lo único que podía hacer era ser honrado y demostrarle a todo el mundo que era un buen hombre.

Demostrárselo a Emma.

No estaba seguro de lo que esta pensaba en esos momentos de él.

Intentó apartar aquello de su mente y concentrarse en el trabajo. Aquella tarde iba a reunirse con un brillante científico que necesitaba financiación para lanzar un programa de reconocimiento de voz que había patentado. Era el tipo de proyecto que le interesaba, que ya le había interesado con Cavelli Enterprises, pero en el que no se había metido por decisión de Bertrano. No volvería a cometer el mismo error. Ya sabía que no podía confiar en nadie, ni siquiera en las personas a las que quería.

En cuanto Larenzo se marchó, Emma suspiró con desgana. Larenzo era capaz de adivinar cómo se sentía, pero ella prefería no contárselo.

El sábado anterior había llevado a Ava a Nueva Jersey a ver a Meghan y la conversación que había tenido con esta la había mantenido despierta casi toda la noche. Todo había empezado cuando su hermana la había invitado a pasar Acción de Gracias con ellos a la semana siguiente.

–Nos encantará venir, pero tengo que hablar con Larenzo, a ver si él está libre.

–Emma, ¿no pensarás que también lo estoy invitando a él, no? –había replicado su hermana.

Ella, por supuesto, había pensado que Larenzo estaba invitado. Porque el Día de Acción de Gracias era pasarlo en familia y Larenzo formaba parte de su familia, le gustase a Meghan o no.

Y entonces su hermana le había dicho que antes o después tendría que elegir.

—O Larenzo o yo.

En esos momentos, mientras sentaba a Ava en la sillita para llevarla a clase de gimnasia, se preguntó cómo podía haber tomado aquella decisión. Al fin y al cabo, Meghan era su única familia, la persona a la que más unida había estado durante toda su vida.

Pero no entendía que su hermana pudiese pedirle que se apartase de Larenzo. Meghan sabía que no podía hacerlo aunque quisiera, y tampoco quería hacerlo.

Lo que le había hecho recordar que lo que tenía con Larenzo no era real ni duradero, que él no estaba interesado en tener una relación y que eso no iba a cambiar.

Así que lo mejor que podía hacer era apartarse emocionalmente de él. Incluso había empezado a pensar en buscar su propio apartamento, su propia vida. Llegaría a un acuerdo con Larenzo con respecto a la custodia de Ava. Era lo más sensato, pero por el momento no podía.

—Entonces, ¿me vas a contar qué es lo que te preocupa? —le volvió a preguntar Larenzo aquella noche, durante la cena.

Emma jugó con la pasta que tenía en el plato.

—¿Cómo sabes que hay algo que me preocupa?

—Porque eres una persona muy alegre. Tienes un... brillo especial.

–¿Brillo? –repitió ella, levantando la mirada.

–Lo iluminas todo a tu alrededor –dijo él–. Por eso sé que no eres tú. No eras tú la primera vez que fui a casa de tu hermana, pero en las últimas semanas habías vuelto a recuperar ese brillo. Lo llamo así porque no sé cómo describirlo.

Larenzo esbozó una sonrisa, pero su mirada seguía siendo seria.

–Me ha venido bien mudarme a Nueva York –admitió Emma.

–A pesar de las reservas iniciales –dijo él.

–Quiero darte las gracias, Larenzo, por haberme dado esta oportunidad. En casa de Meghan estaba atrapada en la rutina, y no me di cuenta de cuánto hasta que no salí de allí.

Él asintió y Emma supo que era el momento perfecto para decirle que había llegado el momento de pasar a la siguiente fase de su vida, de encontrar una casa y un trabajo de verdad, pero no le salieron las palabras.

–¿Emma?

–La última vez que fui a ver a mi hermana estuvimos hablando... No le gusta que viva aquí.

–Ya lo sabía.

–No le gusta en absoluto. Piensa que soy... demasiado simpática contigo.

–Que nos llevemos bien beneficia a Ava –respondió él en tono frío.

–Yo también lo pienso, pero mi hermana, no.

–¿Y qué quiere que hagas?

–Que mantenga las distancias, supongo.

–Si es lo que tú también quieres, imagino que es razonable –dijo Larenzo.

–¿De verdad?

A Emma le dolió oír aquello, que Larenzo renunciase tan fácilmente a sus partidas de ajedrez y a los maravillosos momentos que pasaban los dos juntos con Ava.

–Lo más importante es que los dos queramos a Ava –respondió él, encogiéndose de hombros–. Supongo que da igual que sintamos o no algo el uno por el otro.

–Por supuesto –dijo ella.

–Ahora, tengo que trabajar –añadió Larenzo, levantándose de la mesa–, pero antes voy a bañar a Ava y a meterla en la cama.

Emma asintió y vio cómo Larenzo sacaba a la niña de la trona. Se sintió como si hubiese estropeado lo que tenían juntos, lo que demostraba lo frágil que era su relación.

No volvió a ver a Larenzo aquella noche y, a la mañana siguiente, este se fue a trabajar en cuanto ella entró en la cocina a desayunar. Emma se dejó caer en una silla y se sintió fatal. Se dio cuenta de que en realidad le había contado a Larenzo lo que su hermana pensaba con la esperanza de que él la contradijese, que le respondiese que le encantaba que fuesen amigos, e incluso algo más. Que estaba empezando a sentir algo por ella.

Pero la jugada le había salido mal porque, evidentemente, Larenzo no sentía lo mismo que ella.

Se puso recta y tomó el teléfono para llamar a Meghan y decirle que iría a pasar Acción de Gracias con ella.

Esa noche se lo comentó a Larenzo.

–¿Te vas a marchar cuatro días? –preguntó este–. Me parece excesivo.

–Es una fecha importante –respondió ella–. De celebración familiar.

–Ah, no lo sabía. En ese caso, supongo que puedes ir.

–No te estaba pidiendo permiso –replicó Emma.

–Aun así, te lo doy –respondió él con toda naturalidad–. Tenemos los mismos derechos con respecto a Ava.

–Legalmente, no.

A Larenzo le brilló peligrosamente la mirada y apoyó una mano en la mesa en un gesto controlado y que, al mismo tiempo, comunicaba que estaba muy enfadado.

–¿Me estás amenazando?

–No, por supuesto que no –retrocedió ella, ruborizándose–. Solo estoy diciendo que en realidad no tenemos un acuerdo formal...

–En ese caso, lo estableceremos. Consultaré a mi abogado el lunes.

–Ya he consultado yo a uno –respondió Emma sin pensarlo.

–¿Ah, sí? Qué... interesante.

Ella buscó en su rostro algún rastro de emoción, alguna señal de que le importaba, pero no la encontró. Se preguntó si Meghan habría tenido razón, si

Larenzo la habría manipulado con su amabilidad. En esos momentos parecía posible.

—Nos marcharemos mañana por la mañana —le dijo y, sin esperar respuesta, salió de la habitación.

Acción de Gracias fue horrible. Emma intentó disfrutar en casa de su hermana, pero no estaba animada y Meghan lo notó.

—Te gusta de verdad —comentó en voz baja en un momento en el que se habían quedado las dos solas, después de haber comido el pavo y haber recogido la mesa.

Pete estaba en el piso de arriba, leyendo cuentos a los niños, y ellas se habían quedado tomándose una copa de vino en la sala de juegos, sentadas en el sofá.

—Eso da igual —respondió ella.

—¿Por qué?

—Porque le conté lo que tú me habías dicho y él dio un paso atrás. Solíamos pasar las tardes juntos, cenar juntos como si fuésemos... bueno, juntos —se interrumpió y tragó saliva—. Ahora casi no lo veo.

—Vaya, qué curioso.

—¿Por qué dices eso?

Meghan suspiró.

—Porque demuestra que es, en cierto modo, honrado.

—¿A qué te refieres?

—A que se ha dado cuenta de lo importante que es la familia para ti y lo respeta —le explicó su hermana—. No sé... Desde que hablé contigo me he estado arrepintiendo de lo que te dije. Tal vez fui demasiado dura, pero es que me preocupo por ti, Emma.

–Lo sé.

–Pero si de verdad lo engañaron, como tú dijiste, y si es un buen padre...

–¿Qué?

–No lo sé –admitió Meghan–. Que tal vez estemos siendo injustas con él. Y piensas que podría importarte, que podríais tener una relación...

–Eso ya no es una posibilidad –respondió Emma–. Casi ni me habla.

–Porque tú le dijiste que yo te había dado un ultimátum, y me elegiste a mí. Es comprensible.

–¡No me puedo creer que ahora te estés poniendo de su parte!

–No me pongo de su parte. Solo intento ver las cosas como una adulta racional y no como una hermana mayor presa del pánico –argumentó Meghan–. Sigo sin estar segura de nada.

–Entonces, ¿qué se supone que debo hacer? ¿Le digo que he cambiado de opinión? De todos modos él ya me dijo que no quería una relación y que no confía en nadie.

–Es normal, si su socio lo ha traicionado –le dijo su hermana–. Si decidieseis empezar algo juntos no sería sencillo. Tú tampoco has tenido nunca una relación y no estás acostumbrada a sus altibajos. Ni siquiera has vivido en el mismo lugar durante mucho tiempo.

Emma supo que su hermana tenía razón, pero le dolió que le dijese aquello.

–Sabes que hay un motivo.

–Sí, el divorcio de papá y mamá.

–No solo el divorcio, sino el hecho de que mamá se marchase como lo hizo... que no se interesase por nosotras...

–Tú tampoco has mostrado ningún interés por ella –comentó Meghan en tono amable.

–¿Por qué iba a hacerlo, si nos rechazó? –le preguntó Emma.

–Un año después nos pidió que fuésemos a vivir con ella en Arizona.

–Sí, pero fue un desastre. Yo me marché dos meses después de haber llegado.

Meghan guardó silencio y Emma preguntó:

–¿Qué?

–Nada, pero es tarde y quiero darle un beso de buenas noches a Ryan –terminó–. Si de verdad piensas que Larenzo es inocente, y si te importa, dale una oportunidad.

Emma estuvo dándole vueltas a aquello durante el resto de la visita y se volvió a Nueva York sin saber lo que iba a hacer. El tren se retrasó y Ava estuvo todo el viaje muy inquieta, así que cuando llegaron a casa, a las nueve de la noche, estaba agotada. La niña se había quedado dormida en el taxi, así que Emma la acostó directamente.

El apartamento estaba en silencio y a oscuras cuando entró, y Emma buscó a Larenzo hasta que lo encontró en el estudio. Sentado en un sillón y con una copa de whisky en la mano, con la camisa desabrochada, despeinado y sin afeitar. Su aspecto era sexy y peligroso, e insoportablemente triste.

–Has vuelto –dijo con voz ronca.

Capítulo 12

LARENZO miró a Emma y pensó que estaba viendo una visión. Tal vez hubiese bebido demasiado whisky.

—Larenzo... —susurró ella.

Él se puso recto y dejó la copa encima de la mesa, haciendo mucho ruido.

—Pensé que no ibas a volver —admitió él, sacudiendo la cabeza.

Emma entró en la habitación.

—¿Por qué pensabas eso?

—Porque sentías que yo te había obligado a venir y soy consciente de que te chantajeé para que lo hicieras. Sé que no estuvo bien, pero...

Se pasó una mano por el pelo al darse cuenta de que tenía la lengua más suelta de lo habitual. Se encogió de hombros y volvió a tomar la copa.

—No me arrepiento —añadió—. ¿Me convierte eso en un mal hombre?

—No —respondió ella en silencio, sentándose enfrente de él, con el ajedrez al que tantas veces habían jugado entre ambos—. No te convierte en un mal hombre, Larenzo.

—¿Estás segura? —le preguntó él, terminándose la

copa de un sorbo–. Porque el resto del mundo parece convencido de que soy culpable.

–Yo, no –susurró ella.

Larenzo la miró.

–¿De verdad? –le preguntó, sin poder evitar que se le quebrase un poco la voz.

–Sí.

Emma lo miró con sus bonitos ojos verdes y Larenzo vio confianza en ellos. Se preguntó si se la merecía y, aún más, si podía confiar en ella.

–Emma... –empezó.

Y no pudo evitarlo, alargó las manos para acercarla a él y besarla como lo había hecho aquella noche, tanto tiempo atrás.

Ella cerró los ojos, separó los labios.

¿Cómo no iba a besarla?

Pero se resistió. No quería tener una aventura con ella, no quería hacerle daño, pero también sabía que no era capaz de nada más. Así que se apartó.

Emma abrió los ojos y lo miró fijamente. Larenzo le mantuvo la mirada y pensó que lo comprendía a pesar de parecer dolida.

–¿Qué tal tu fin de semana? –le preguntó Emma por fin, recomponiéndose.

–Horrible. ¿Y el tuyo?

–Igual.

Él asintió, no quiso profundizar en la conversación.

–He estado pensando que no he visto ninguna fotografía de Ava cuando era más pequeña, seguro que tienes alguna.

–Sí. ¿Te apetece verlas ahora?

–Sí. Por favor.

Emma asintió y fue a buscarlas. Larenzo apoyó la espalda en su sillón y suspiró mientras intentaba calmar el deseo y decirse que no iba a pasar nada con Emma. No podía pasar nada con ella.

Esta volvió unos minutos después con un álbum de fotos rosa en las manos.

–No tengo muchas –admitió–, estaba agotada de no dormir por las noches.

–Supongo que es normal –dijo él.

Emma volvió a sentarse y le dio el álbum, que Larenzo miró maravillado.

–Parecía un viejecito.

–Meghan me dijo que todos los recién nacidos son así.

–Ya tenía aspecto de tener buenos pulmones nada más nacer.

–Así fue. Salió gritando y sacudiendo los brazos.

Larenzo sonrió y pasó de página. Estudió cada fotografía detenidamente y después señaló una en la que se veían los dos primeros dientes de la niña.

–Qué maravilla –comentó, levantando la vista.

Le desconcertó ver que Emma lo miraba a él con cariño y, más tranquilo, se dio cuenta de que unos minutos antes se había abierto demasiado con ella.

–¿Sigues haciendo fotografías? Que no sean de Ava, quiero decir.

La pregunta la sacó de aquel momento de ensoñación. A Emma se le había encogido el estómago al ver cómo miraba Larenzo las fotografías de su hija, con tanta ternura.

—No —respondió—. No tengo ni tiempo ni energía.

—Deberías hacerlo —le dijo él con firmeza—. Tenías un don, Emma.

—Gracias.

—¿No me crees?

—Sí, es solo que... —empezó, encogiéndose de hombros—. Supongo que lo he dejado sin más.

—¿Por qué?

Ella puso los ojos en blanco.

—Por culpa de cierta niña de once meses.

—¿Solo por eso? —insistió él.

—¿Qué quieres decir?

Emma no pudo evitar recordar lo que su hermana le había dicho, que nunca se comprometía con nada a largo plazo. Le había encantado la fotografía, pero lo había dejado.

—¿Te da miedo exponerlas? —le preguntó Larenzo.

—¿Miedo?

—De intentarlo y fracasar. Le ocurre a muchas personas.

—A nadie le gusta fracasar, pero yo nunca he sido ambiciosa, ni con la fotografía ni con ninguna otra cosa.

—¿Por qué no?

Emma se encogió de hombros.

—Siempre he querido viajar y vivir la vida. Me agobiaba pensar en tener una carrera.

Larenzo asintió en silencio.

—Pero dejaste de viajar para tener a Ava —comentó poco después.

—Y no me he arrepentido.

—Aun así, fue una decisión sorprendente.

—Tal vez, uno nunca sabe cómo va a reaccionar hasta que no surge la situación. Cuando me di cuenta de que estaba embarazada de Ava y de que esta era parte de mí...

Se le hizo un nudo en la garganta de la emoción.

—Una familia.

—Sí. Una familia. Nuestra familia.

A Larenzo le brillaron los ojos un instante.

—Gracias, Emma.

Ella no supo por qué se las daba, pero sintió que, a pesar de ser una familia, no eran la familia que ella quería que fuesen.

Pasó una semana, una semana en la que Emma siguió sin saber lo que había entre Larenzo y ella. Parecían haber llegado a una silenciosa, pero incómoda tregua. Cenaban juntos, pasaban tiempo con Ava, pero ambos estaban tensos.

Emma deseaba recuperar lo que habían tenido, lo que podían tener si los dos querían, pero ni siquiera sabía si era capaz de intentarlo, y Larenzo tampoco le había dado ninguna muestra de querer hacerlo.

Recordaba con dolor aquel momento en el estudio en el que Larenzo había estado a punto de besarla, pero había decidido no hacerlo. Tenía que aceptarlo.

Durante varios días se preguntó si debía decirle a Larenzo que quería algo más de su relación, pero le dio miedo que la rechazase.

Intentando buscar alguna distracción, un día salió de casa con Ava y con la cámara, y se dirigió a Central Park.

Era principios de diciembre y las hojas de los árboles se habían caído, quedándose sus ramas desnudas en contraste con el cielo azul.

Emma estuvo haciendo fotografías hasta que se dio cuenta de que Ava tenía frío, así que volvió a casa. Para su sorpresa Larenzo había vuelto ya de trabajar aunque eran poco más de las cinco. El sol había empezado a bajar y sus rayos dorados salpicaban el suelo del salón.

Emma sacó a Ava de la sillita y la niña fue hacia Larenzo con los brazos estirados.

—No pensé que estarías tan pronto de vuelta —comentó Emma—. Ni siquiera he empezado a hacer la cena.

—No importa —respondió él, tomando a Ava en brazos y enterrando la nariz en su pelo.

Emma lo observó con un nudo en el estómago.

—He venido antes porque quería hablar contigo —añadió Larenzo en tono serio.

Y ella no supo si debía alegrarse o preocuparse, se decidió por lo segundo.

—¿Va todo bien?

—Sí, todo va bien.

–Pues te has puesto muy serio.

–No pasa anda. Es solo que mañana por la noche hay una fiesta y van a asistir muchas personas a las que necesito conocer.

–No pasa nada, me las arreglaré sola con Ava –bromeó ella.

Larenzo no sonrió.

–El caso es que... me preguntaba si querrías acompañarme.

Emma se quedó boquiabierta.

–¿Ir contigo?

–Puedo contratar a una niñera, a alguien que sea profesional, y no tenemos que marcharnos hasta que Ava esté dormida.

–¿Por qué quieres que te acompañe? –le preguntó Emma, arrepintiéndose al instante.

Él dudó antes de responder.

–He pensado que es mejor que vaya a esta clase de eventos acompañado.

–¿Mejor?

Larenzo suspiró y se pasó una mano por el pelo.

–Después de todo lo ocurrido, la gente sigue dudando de mí. Estoy intentando recuperar la confianza y pienso que asistir a una fiesta contigo, la madre de mi hijo, me ayudaría a hacerlo.

A Emma le dolió oír aquello.

–Bueno, al menos eres sincero.

Él frunció el ceño.

–Estás enfadada.

–¿Por qué iba a estarlo? –replicó ella.

–No lo sé. Solo te estoy pidiendo que me acompañes a una fiesta, nada más.

–Gracias por aclarármelo.

–¿Qué te pasa, Emma?

–Nada –le respondió ella, sin poder evitar comportarse así.

Se quitó la cámara del cuello.

–¿Has estado haciendo fotos? –le preguntó Larenzo–. ¿Puedo verlas?

Emma dudó, pero le dio la cámara. Él miró las fotografías mientras iba a por Ava y pensaba que quería que a Larenzo le gustasen sus fotografías. Quería gustarle a Larenzo.

–Son buenas, pero un poco vacías.

Dolida por la crítica, le quitó la cámara y miró las instantáneas. Larenzo tenía razón. El parque había estado lleno de gente, pero en sus fotografías parecía vacío.

–Supongo que era cómo me sentía yo –comentó.

Después fue a la cocina a preparar la cena.

Capítulo 13

EMMA se miró en el espejo del vestidor y volvió a notar el cosquilleo en el estómago. Le había costado decidir qué vestido iba a ponerse. Larenzo le había sugerido que fuese a la Quinta Avenida a comprarse uno, el que quisiese, para la gala de aquella noche.

Mientras él se quedaba con Ava, Emma había salido de compras con Meghan, que había ido en tren solo para acompañarla de tiendas. Había sido una experiencia surrealista y maravillosa, probarse vestidos de diseñador mientras bebían champán.

—Entonces, ¿hay algo entre Larenzo y tú? —le había preguntado su hermana.

—No lo sé. Me dijo que solo me pedía que lo acompañase porque era bueno para su imagen.

—Al menos, fue sincero.

—Supongo que sí. ¿Qué te parece este vestido?

En esos momentos se pasó las manos por el corpiño del vestido verde esmeralda que había escogido. Un vestido sencillo, palabra de honor, largo. Se había dejado el pelo suelto y solo se había maquillado un poco.

No recordaba la última vez que se había puesto

tan elegante, que se había sentido tan guapa. Esperaba que a Larenzo le gustase. Y que se lo dijese.

Este llamó a la puerta de la habitación, llevaba a Ava en brazos.

–¿Emma? ¿Estás lista? Voy a meter a Ava en la cama, tenemos que irnos.

–De acuerdo.

Se miró al espejo por última vez y fue a abrir la puerta. Se quedó sin aliento al ver a Larenzo de esmoquin, tan guapo y con su hija en brazos. Una combinación devastadora.

Notó que él la miraba también con deseo y le costó respirar. Le costó pensar. Se humedeció los labios con la punta de la lengua.

–¿Te... te gusta?

–¿El vestido? –preguntó él, aclarándose la garganta–. Sí. Estás... preciosa, Emma. Muy guapa.

–Gracias –respondió ella con el corazón acelerado, alargando las manos hacia Ava–. La puedo acostar yo.

–No creo que debas arriesgarte a que te manche, ya lo hago yo.

Mientras Larenzo desaparecía en la habitación de Ava, Emma tomó el chal y el bolso y esperó nerviosa en la entrada. Unos minutos más tarde llegaba la niñera que había contratado Larenzo, y poco después salió este llevándose un dedo a los labios.

–Creo que está dormida.

Se despidieron de la niñera y entraron en el ascensor.

–Tú también estás muy guapo –le dijo Emma una vez allí.

–Gracias.

Ella se sentía como una idiota, pero le dio igual. Solo quería disfrutar de aquella noche y de Larenzo. Fingir que salían juntos de verdad. Al día siguiente volverían a la realidad, pero esa noche era especial.

Larenzo miró a Emma con el rabillo del ojo. Estaba preciosa aquella noche y él no podía desearla más.

Las puertas del ascensor se abrieron y él pensó que aquella iba a ser una noche muy larga e incómoda.

Y, aun así, mientras ayudaba a Emma a entrar en la limusina que había alquilado, también supo que iba a disfrutar de cada momento, con Emma a su lado.

Veinte minutos después, al entrar en el salón en el que se celebraba la gala y oír los murmullos a su alrededor, pensó que no iba a ser tan fácil disfrutar.

Guio a Emma hacia una barra y le ofreció champán.

Pidió dos copas y le dio una a ella. Estaba tan tenso que le había empezado a doler la cabeza. Nadie se acercó a ellos, pero se dio cuenta de que los miraban de reojo. Emma lo miró a los ojos mientras se llevaba la copa a los labios.

–Ahora entiendo lo que querías decir con eso de lavar tu imagen.

Él se encogió de hombros como si no tuviese importancia y mantuvo el gesto impasible. Se le daba bien hacerlo. Llevaba ocultando sus emociones desde niño.

—¿Por qué no intentamos charlar con alguien? —le sugirió ella—. Al fin y al cabo, es a eso a lo que has venido, ¿no?

Larenzo asintió, muy tenso. Se dijo que había sido un error llevar a Emma a aquella fiesta. Había pensado que lo ayudaría, pero no quería que viese que todo el mundo lo consideraba culpable.

—¿Con quién hablamos? —volvió a preguntar ella—. ¿Y el tipo ese de la empresa tecnológica?

Larenzo estuvo a punto de sonreír ante su tenacidad.

—Está ahí —dijo, señalando con la cabeza hacia la otra punta del salón.

Y ambos fueron hacia donde estaba Stephen Blane. Había una persona que no lo consideraba culpable o que, al menos, quería hacer negocios con él.

—Hola —dijo Emma, alargando la mano.

Y Stephen la miró sorprendido.

Larenzo pensó que era una mujer increíble, muy fuerte.

Charlaron un rato con Stephen y con otros invitados que se fueron acercando a ellos, y Larenzo hizo lo posible por ignorar alguna indirecta o mirada de soslayo.

Emma mantuvo todo el tiempo la barbilla levantada y la sonrisa, pero él se dio cuenta de que le afectaban algunos comentarios.

Cuando llevaban una hora allí, pensó que no podía más. La agarró del brazo y la llevó hacia la pista de baile.

—Vamos a bailar.

Sorprendida, Emma dejó su copa en la bandeja de un camarero que pasaba por allí y lo siguió.

—No pensé que te gustase bailar.

En realidad, no le gustaba.

—¿Por qué no?

La tomó entre sus brazos y notó el calor de su piel a través del vestido.

—Porque siempre te he visto muy centrado en tu trabajo. Incluso en casa, en Sicilia, siempre estabas con el ordenador. No te relajabas de verdad, como mucho, te veía nadando, y eso era hacer ejercicio.

—Lo sé. Y me arrepiento.

—¿Por qué?

—Porque trabajaba muy duro para nada. Ojalá hubiese disfrutado de la vida más.

—Bueno, divertirte también te divertías, a juzgar por las fotografías que salían de vez en cuando en las revistas.

Él sonrió.

—¿Estás celosa?

—No.

Él deseó que Emma estuviese celosa, que sintiese por él lo mismo que sentía él por ella.

—Eso también era una manera de hacer ejercicio —murmuró contra su oído.

–Pues es evidente que estabas en forma –respondió Emma.

Larenzo se echó a reír. Emma era la única persona que lo hacía reír.

–La verdad es que no estoy nada en forma. ¿Sabes cuándo fue la última vez que hice ejercicio, Emma?

Ella se ruborizó y Larenzo supo que estaba jugando con fuego, pero no podía parar. Se sentía embriagado, aturdido por el deseo, y solo había dado un par de sorbos al champán.

–No estoy segura de querer saberlo.

–Contigo –le dijo él con voz ronca–. La última vez fue contigo.

Emma se ruborizó todavía más y apartó la mirada. Y Larenzo le levantó la barbilla para que lo mirase a los ojos.

–¿Y tú? –le preguntó.

–¿Yo? –repitió ella riendo–. La respuesta es obvia. En los últimos diecinueve meses desde que... ya sabes, he estado embarazada, he tenido un bebé y he estado viviendo con mi hermana.

A Larenzo le gustó oír aquello.

–Bien.

–¿Bien? ¿Qué es lo que te parece bien, Larenzo? ¿Qué estamos haciendo? –le preguntó en voz baja.

Él no respondió porque lo único que podía decir era que no estaban haciendo nada, pero Emma debió de leerle la expresión, porque se apartó de sus brazos y dijo:

–Perdona.

Y caminó rápidamente hacia el cuarto de baño.

Emma se miró en el espejo y se preguntó qué estaba haciendo. Estaba completamente ruborizada y tenía las pupilas dilatadas. Era evidente que estaba excitada y, por unos segundos, en la pista de baile, había pensado que Larenzo estaba igual que ella. Había estado cortejándola hasta que... había vuelto a retroceder.

Otra vez. Emma suspiró y se puso agua fría en las muñecas para intentar tranquilizarse. Cada vez que pensaba que iba a ocurrir algo con Larenzo, este retrocedía. No había que ser muy listo para saber por qué. Ya se lo había dicho: no confiaba en nadie y no quería tener una relación. Ella tampoco lo había querido nunca, pero después de estar con Larenzo y de verlo con Ava, había cambiado de opinión.

Suspiró y pensó que saldría al salón y le propondría a Larenzo que se marchasen ya. Estaba emocionalmente agotada.

Entonces entraron dos señoras al baño, hablando en voz baja.

–Mira que venir aquí, después de haber estado en la cárcel.

–Es un poco sospechoso que lo hayan dejado salir, ¿no? Al fin y al cabo, confesó.

–Yo pienso que huele todo muy mal. La investigación sigue abierta. Al fin y al cabo, Raguso fue su mentor, como un padre para él. Lo crio desde que era niño...

Las mujeres desaparecieron cada una detrás de una puerta y Emma salió del baño muy tensa. No había sabido que Larenzo hubiese estado tan unido a Raguso. Había pensado que eran solo socios, pero no que hubiesen sido casi como padre e hijo.

Entendió que Larenzo no confiase en nadie, si aquel hombre lo había traicionado. Comprendió que Larenzo estuviese tan dolido y se preguntó si sería capaz de recuperarse alguna vez. ¿Quería ella ayudarlo a intentarlo?

Se estaba enamorando de él o, más bien, estaba enamorada ya. ¿Podía ayudarlo? ¿Podía hacer que volviese a amar y a confiar? ¿Que llegase a quererla?

Supo que sí. Quería hacerlo. Quería intentarlo.

—Has tardado mucho.

Emma se sobresaltó cuando Larenzo apareció a su lado. No lo había visto acercarse. Sonrió.

—Ese comentario no me parece nada caballeroso —bromeó.

—Lo siento.

Emma recordó entonces que lo había dejado solo en la pista de baile.

—¿Volvemos a bailar?

Larenzo la miró fijamente, como intentando comprenderla.

—Por favor —insistió ella.

En esa ocasión, cuando la tomó entre sus brazos, Emma no se contuvo, apretó el cuerpo contra el suyo e intentó comunicarle de todas las maneras posibles que era suya, que podía confiar en ella. Sabía que no lo iba a convencer con un baile, pero era un inicio.

Tenía la esperanza de que fuese el principio, de todo.

Capítulo 14

ESTUVIERON bailando casi una hora. Larenzo empezó a relajarse después de la primera canción y apoyó los labios en su pelo. Emma cerró los ojos y se sintió casi feliz, aunque ansiase mucho más. Por primera vez tuvo la esperanza de poder avanzar en su relación con él.

Eran más de las once cuando dejaron de bailar. La mirada de Larenzo era brillante, intensa.

Sin decir palabra, la tomó de la mano y la sacó de allí, de la pista de baile, del hotel. Hacía frío fuera, pero antes de que a Emma le diese tiempo a notarlo estaban subidos en la limusina, de la mano, en silencio.

Larenzo clavó la vista al frente y ella no pudo ver su expresión, pero supo que la deseaba tanto como ella a él.

Pasaron diez minutos en exquisita tensión. La limusina se detuvo y el conductor les abrió la puerta.

—Buenas noches, señor Cavelli.

Pero Larenzo ni respondió.

Todavía de la mano, llegaron al ascensor.

Unos segundos más y estarían en casa, solos...

Las puertas se abrieron y salieron al rellano, Larenzo abrió la puerta del apartamento y Emma lo siguió al interior. Cerró la puerta tras de ellos y entonces Larenzo se giró y la miró con deseo.

La apoyó en la puerta y apoyó una mano en su nuca, dispuesto a devorarla.

–¿Señor Cavelli?

La voz de la niñera fue como un jarro de agua fría sobre los dos. Larenzo retrocedió y se giró hacia la mujer. Emma tembló contra la puerta, decepcionada.

Aturdida, oyó cómo Larenzo hablaba con la niñera y le daba las gracias, ella se apartó para dejarla salir. Se cerró la puerta y se marchó el ascensor. Larenzo encendió las luces y Emma parpadeó, deslumbrada. La magia del momento se había roto.

–Bueno –empezó Larenzo, metiéndose las manos en los bolsillos, sin mirarla–. Es tarde.

–Sí –respondió ella, decepcionada.

Larenzo suspiró suavemente.

–Buenas noches, Emma –dijo antes de marcharse a su habitación.

Ella se quedó un instante en la entrada, después apagó las luces y se dio cuenta de que volvía a estar sola, de que volvía a sentirse vacía.

Fue a la cocina, puso en marcha el lavaplatos, recogió, fue a ver a Ava. Y mientras tanto fue pensando qué podía hacer.

Podía entrar en la habitación de Larenzo, sin llamar y...

¿Y qué? ¿Seducirlo? Su única experiencia era la noche que había pasado con él.

Se echó a reír de los nervios. Lo cierto era que no sabía qué hacer.

Pero podía intentarlo. Sabía que Larenzo estaba guardando las distancias porque no podía confiar en nadie, así que tendría que ser ella la que diese el primer paso.

Sola en su habitación, miró por la ventana hacia Central Park, que a esas horas estaba a oscuras. El corazón se le empezó a acelerar, como en el ascensor. Entonces había estado segura de que algo iba a ocurrir.

Todavía podía ocurrir.

Cerró los ojos. ¿Qué era lo peor que le podía pasar? ¿Que Larenzo la rechazase? Le dolería, y al día siguiente se sentiría incómoda, pero la alternativa, no hacer nada, era peor.

Se quitó el vestido y se puso un camisón de seda blanco, que era lo más sexy que tenía, aunque no lo fuese mucho.

Respiró hondo y antes de que le diese tiempo a cambiar de opinión salió de la habitación y atravesó el pasillo.

Llamó a la puerta de Larenzo, pero no esperó a que este respondiese, entró con el corazón en la garganta.

En la oscuridad, tardó unos segundos en verlo junto a la ventana, con la camisa desabrochada.

Lo miró aturdida, sorprendida consigo misma por haber llegado tan lejos, sin saber qué decir. Se humedeció los labios.

—Larenzo... —empezó.

Y no le dio tiempo a más porque él avanzó y la tomó entre sus brazos. Se besaron apasionada, desesperadamente. Y Larenzo le quitó el camisón.

Emma lo ayudó a quitarse la camisa y pasó las manos por su pecho suave, por sus hombros.

Lo deseaba. Lo deseaba tanto. Y Larenzo debía de sentir lo mismo porque ya la estaba llevando a la cama y se estaba tumbando encima de ella.

Emma le desabrochó los pantalones y en cuestión de unos tirones Larenzo estaba desnudo también.

Le acarició la erección y lo vio cerrar los ojos un segundo antes de volverla a besar. Sus piernas se entrelazaron mientras se apretaban el uno contra el otro, aunque Emma tenía la sensación de querer estar todavía más cerca.

Arqueó la espalda y Larenzo recorrió su cuerpo con las manos hasta llegar al interior de los muslos. Emma pensó que había echado de menos aquello. Que lo había echado de menos a él

–¿Tienes... un preservativo? –le preguntó en un susurro, sin querer romper aquel momento de pasión.

–Sí –respondió él riendo.

Emma se apoyó en los codos.

–Así que tenías la esperanza de tener suerte –bromeó ella.

–Supongo que sí, aunque no quisiese admitirlo.

Ella pensó que no podía quererlo más.

–Ven aquí –susurró, alargando los brazos.

Y Larenzo fue y se hundió en ella.

–No te hago daño, ¿verdad?

–No –le respondió, abrazándolo con las piernas por la cadera–. No. Nunca.

Aquello sonó a promesa.

Larenzo seguía abrazado a Emma, con el corazón acelerado y el cuerpo todavía tenso después de haber hecho el amor. Emma se hizo un ovillo contra su cuerpo y a él se le encogió el corazón... de amor. De un amor que no había esperado sentir, que no había pensado que era capaz de sentir. Había estado tan vacío, pero Emma lo había vuelto a llenar.

No obstante, seguía teniendo dudas. No sabía si aquello podría funcionar. Ni siquiera sabía de qué se trataba.

–¿Has venido a mi habitación por alguna razón? –le preguntó en tono despreocupado.

Ella se echó a reír.

–Por esta razón –respondió, pasando una mano por su pecho.

–Ah.

–Sí. Ah.

Se quedaron en silencio unos segundos y después Emma se apoyó en un codo y lo miró.

–Larenzo, esta noche, en la fiesta, he oído algo.

–¿El qué?

–Cuando estaba en el baño... unas mujeres han dicho...

Emma se mordió el labio antes de continuar y él

sintió deseo otra vez. No sabía lo que iba a decir, pero estaba seguro de no querer oírlo. No quería oír lo que la gente hablaba de él.

—Han dicho que Bertrano era como un padre para ti.

Aquello lo sorprendió, había pensado que Emma iba a hablarle de delitos y culpa, no de Bertrano. No de sentimientos.

—¿Es verdad?

—Ya te dije que teníamos buena relación.

—Pero no pensé que tanto —continuó ella, acariciándole la mejilla—. Lo siento.

A él se le hizo un nudo en la garganta al darse cuenta de lo prcocupada que estaba por él.

—No te preocupes. No tiene nada que ver contigo.

—Siento que alguien que te importaba te traicionase de esa manera. Y el hecho de que no fuese solo tu socio, sino más bien como un padre...

—Sí.

—¿Cómo lo conociste?

Nadie sabía la historia y, para su propia sorpresa, Larenzo se dio cuenta de que quería contársela a Emma.

—Iba a robarle —empezó.

—¿En serio? —preguntó ella riendo.

—Sí. Tenía doce años y llevaba alrededor de un año viviendo en la calle. Sobrevivía robando, intentando hacer algún trabajo, durmiendo al aire libre o alguna vez en un albergue. Durante unos meses, en invierno, dormí con algún otro en un edificio abandonado.

Emma se estremeció entre sus brazos.

–Debió de ser muy duro.

–Era mejor que el orfanato –respondió Larenzo–. Al menos en la calle era el dueño de mi destino, mientras que en el orfanato... algunas monjas eran buenas, pero otras muy crueles. Lo odiaba.

Emma no dijo nada, se limitó a abrazarlo con más fuerza.

Larenzo le acarició la mano y empezó a recordar, y a hablar.

–Un día, con doce años, vi a Bertrano, que por aquel entonces estaba en la cuarentena y era un hombre de negocios que tenía mucho éxito. Recuerdo que nunca había tocado nada tan suave como su abrigo. Era de cachemir.

–¿Y qué ocurrió? ¿Te sorprendió intentando robarle?

–Sí, aunque tengo que decir que se me daba muy bien. Me agarró del cuello y me sacudió con fuerza. Me dijo que me llevaría a la policía y acabaría en la cárcel si no...

Se interrumpió. Había terminado en la cárcel, por culpa de Bertrano. Todavía le dolía.

Emma le acarició de nuevo la mejilla.

–¿Si no parabas? –le preguntó.

–Sí, pero me escapé. Bertrano me encontró al día siguiente, me llevó comida. Y así durante varios meses. Yo guardaba las distancias, pero él estaba muy solo. Había perdido a su mujer y a su hijo en un accidente de tráfico. No tenía familia.

–Ni tú tampoco.

–No.

–¿Y entonces, qué ocurrió?

Larenzo se obligó a continuar aunque fuese duro.

–Me ofreció pagarme un internado. Quería que estudiase, que hiciese algo con mi vida. A mí al principio no me pareció bien, pero entonces uno de mis amigos, que solo tenía diez años, murió apuñalado y me di cuenta de que tenía que salir de allí. Así que acepté y fui a un colegio cerca de Roma. Al principio los demás niños no me aceptaron, pero no me importó. Tenía ropa, una cama y comida. Y me gustaba aprender.

–Debió de ser todo un cambio para ti.

–Sí. Después conseguí una beca para ir a la universidad, me gradué y Bertrano me pidió que trabajase para él –continuó, con un nudo en la garganta–. Cuando yo tenía veinticinco años cambió el nombre de la empresa a Raguso y Cavelli, y cuando tenía treinta, a solo Cavelli. Dijo que quería que el negocio fuese mío, que me lo había ganado con mi trabajo, que para él era como un hijo.

–Te quería –comentó Emma en voz baja.

Larenzo tragó saliva.

–Y yo a él. Por eso me costó tanto aceptar que me hubiese traicionado.

Ambos se quedaron en silencio, abrazos.

–¿Piensas que se habrá arrepentido de lo que te hizo? –preguntó Emma por fin.

–No lo sé –admitió él–. Aunque no puedo evitar darle el beneficio de la duda. Quiero pensar que lo hizo por miedo. No creo que sea realmente un delincuente, pero sí pienso que pudo hacer cosas mal.

–Y por eso confesaste.

–Confesé porque había pruebas. Yo estaba al frente de la empresa y Bertrano había puesto mi nombre en todas partes.

–Aun así, podías haber intentado luchar por la verdad, Larenzo –insistió Emma–, pero no lo hiciste porque querías a Raguso. Intentaste protegerlo.

Él cerró los ojos.

–Sí.

–No tienes de qué sentirte avergonzado.

–¿No? –inquirió él–. Tal vez me había querido como a un hijo, pero no me trató como tal. Y yo lo permití.

–Era un hombre mayor, débil y asustado.

–¿Lo estás justificando?

–No. Te estoy perdonando a ti.

Él tomó su mano y se la besó.

–Gracias –susurró.

Y a Emma se le llenaron los ojos de lágrimas.

–¿Sabes que es lo mismo que me dijiste la última vez que hicimos el amor? No tienes que darme las gracias, Larenzo.

–Es la primera vez que le cuento todo esto a alguien –le dijo él–. Y te agradezco que me hayas escuchado, que me hayas comprendido.

–Yo te agradezco que me lo hayas contado –respondió ella.

No dijo nada más. No hizo falta.

Capítulo 15

A LA MAÑANA siguiente, Emma dejó dormir a Larenzo y se ocupó de Ava. Estaba en la cocina, preparando unos huevos revueltos, cuando este llegó.

–Hola –dijo él.

–Hola –respondió Emma.

–Papá –lo llamó Ava.

Y ambos la miraron sorprendidos.

Larenzo la tomó en brazos.

–Qué niña más lista.

Ava sonrió, le golpeó las mejillas con sus manos regordetas y se retorció para que la dejase en el suelo.

–No tardará en andar –comentó.

–Tal vez para Navidad –comentó Emma, girándose de nuevo hacia los huevos.

–Emma... –dijo Larenzo por fin.

Y ella se preparó para lo peor.

–Quiero darte las gracias por anoche. Por... por todo.

–¿Pero...? Deja que lo adivine. No tienes nada que ofrecerme porque te han hecho demasiado daño. Y no puedes confiar en nadie. No quieres una relación y bla, bla, bla.

Larenzo no respondió y Emma se obligó a darse la vuelta y mirarlo. Sintió ganas de llorar, pero se contuvo y decidió, en su lugar, mostrarse enfadada. Fuerte en vez de débil.

–¿Tengo razón?

–Hace unas semanas, incluso unos días... era así.

–¿Pero? –volvió a preguntar ella.

–Que no quiero seguir viviendo emocionalmente vacío. Tal vez necesitaba eso por un tiempo, después de todo lo ocurrido. Supongo que era una manera de protegerme. De... curarme.

–Larenzo, ¿me estás diciendo que sí que quieres intentar algo? ¿Conmigo? ¿Una relación?

Él se pasó la mano por la cara.

–Sí, creo que sí.

Ella se echó a reír y se lanzó a sus brazos, y Ava los miró con curiosidad.

Emma enterró el rostro en el pecho de Larenzo e intentó no llorar.

–Estoy feliz –dijo con voz temblorosa.

–Yo también –admitió él–, pero sigo sin saber cuánto voy a poder dar. Sigo sin saber si realmente he dejado el pasado atrás.

–Has avanzado –le respondió Emma con firmeza–. Eso es lo importante, Larenzo. No puedes esperar que todo se arregle de repente, pero lo hará.

Estaba convencida.

Él asintió.

–El pasado siempre estará ahí, no podrás olvidarlo, pero aprenderás a vivir con él.

–Con tu ayuda –dijo Larenzo abrazándola.

–Ahora sé cómo se sentía la señora de la fotografía –comentó Emma, dándole un beso.

–Y yo.

Pasaron tres semanas así. Algunas cosas siguieron igual: Larenzo iba a trabajar y Emma seguía en casa con Ava, pero todo era diferente porque por fin eran una familia de verdad.

Larenzo le daba un beso al llegar a casa y Ava gritaba para que la tomase en brazos. Pasaban las tardes los tres juntos, viendo una película, jugando o charlando. Larenzo se sentaba a Ava en el regazo mientras trabajaba y Emma estudiaba las fotografías que había hecho aquel día.

Su creatividad había florecido a la vez que el amor y, de repente, veía instantáneas en todas partes y pasaba mucho tiempo recorriendo la ciudad capturando momentos. Momentos extraordinarios.

–Deberías exponerlas –le dijo Larenzo.

–No sabría por dónde empezar –respondió ella–, pero lo pensaré.

–Te entiendo. Me he sentido vacío mucho tiempo.

–¿Y ahora? –susurró ella.

–Ahora me estoy llenando.

Emma se echó a reír.

Los días continuaron transcurriendo con normalidad y las noches cambiaron de un modo maravilloso. Emma se preguntó cómo había podido vivir sin conocer aquel placer.

Y Larenzo debía de preguntarse lo mismo, porque una noche, después de haber hecho el amor, se lo preguntó:

—¿Cómo pudiste llegar virgen a los veintiséis años?

—Supongo que no había conocido a la persona adecuada.

—Pero imagino que algún novio debiste de tener.

—Alguno, pero nada serio. No quería tener nada serio con nadie. Me gustaba estar sola.

—¿Por qué?

—Imagino que por mis padres. Su divorcio me afectó mucho —admitió Emma, decidiendo ser sincera con Larenzo—. Mi madre se marchó. Se había cansado de cambiar de país cada dos o tres años. Quería volver a Estados Unidos y vivir siempre en el mismo lugar.

—¿Y tu padre no?

—No sé si le dio elección. Solo sé que una mañana mi madre nos dijo que se marchaba. Que volvía a Estados Unidos. Pensé que se refería a unas vacaciones.

—¿No te llevó?

—No. De hecho, se lo pedí porque tenía mejor relación que con mi padre, pero me dijo que no.

—Lo siento, Emma.

—Yo también. Sentirte rechazada por tu propia madre... es horrible.

—Sí. ¿Por qué piensas que te dijo que no?

—No lo sé. No se lo pregunté. Supongo que me puse bruta y fingí que me gustaba vivir con mi padre. Y ella se marchó a Arizona y allí conoció a alguien.

–Y, entonces, ¿qué ocurrió?

–Perdimos el contacto y después fui a vivir con ella, pero fue... horrible. Su pareja no quería saber nada de mí. Así que me marché y después de eso casi no hemos vuelto a hablar.

Larenzo la abrazó.

–¿Y por qué no querías relaciones serias?

–Siempre he viajado mucho y he pasado gran parte del tiempo sola. Pensaba que no necesitaba nada ni a nadie.

–¿Y qué te ha hecho cambiar de opinión?

–Tú. Fuiste la primera persona que me hizo desear ser diferente.

–Me alegro, porque tú también me hiciste desear ser diferente.

Y durante aquellas semanas, el pasado siguió presente, tal y como Emma había sabido que sería, no obstante...

Fue duro. Más duro de lo que había imaginado.

En ocasiones, Larenzo se enfadaba o se encerraba en sí mismo, y ella estaba segura de que había cosas que no le estaba contando.

La semana antes de Navidad fue a ver a su hermana, que enseguida se dio cuenta de que le pasaba algo.

–¿Te pasa algo? –le preguntó.

–Nada, es solo que... tenías razón. En ocasiones es difícil. Larenzo tiene mucho...

–¿Bagaje emocional?

–Sí, pero yo, también.

–Más del que piensas.

–Lo sé. Jamás superé que mamá no quisiese llevarme con ella.

–Había... cosas que mamá no te contaba –sugirió Meghan–. Eras una niña.

–¿Cosas? ¿Qué cosas? –preguntó ella sorprendida.

–Estaba deprimida –le contó Meghan después de unos segundos–. A mí me lo contó cuando estaba en la universidad. Cuando llegó a Estados Unidos estuvo seis meses en una clínica. Por eso no podías venir con ella.

–¿Y por qué no me lo ha dicho nunca?

–Supongo que le da vergüenza.

Emma se apoyó en el coche.

–Ojalá lo hubiese sabido. Podía habérmelo contado cuando fui a vivir con ella.

–Yo pienso que quería olvidarse de esa parte de su pasado, de sí misma. Y tú no tuviste mucha paciencia cuando estuviste en Arizona, enseguida te marchaste y tal vez mamá sintió que la rechazabas.

–¿Me estás echando la culpa de todo a mí? –preguntó Emma, dolida.

–No, solo quiero que la comprendas.

Emma lo entendió y pensó que quería que todo fuese diferente con Larenzo. Ella quería ser diferente, ser paciente y comprensiva con el hombre al que amaba, y confiar en que podían tener un futuro juntos.

–El amor es complicado –le dijo a su hermana, que se echó a reír.

–En eso tienes razón.

Emma siguió con aquella conversación en la cabeza cuando volvió a Nueva York aquella noche, y después de acostar a Ava, decidió hablar con Larenzo.

—Me he dado cuenta de que no podemos seguir así —le dijo.

Él la miró con gesto inexpresivo.

—Lo entiendo.

—No, no lo entiendes —replicó ella exasperada—. No te quiero dejar, pero quiero que te marches tú y que vuelvas a Sicilia.

—No, eso nunca.

—Quiero que vayas a ver a Bertrano.

—No —repitió él—. No quiero volver a verlo jamás.

—¿No piensas que necesitas pasar página? —le preguntó ella—. Por tu bien y también por el mío. He estado hablando mucho con Meghan y me he dado cuenta de que había una parte de mi pasado que prefería evitar, fingir que no existía, pero las cosas no funcionan así.

—Pueden funcionar así.

—No, tienes que ir a hablar con él y preguntarle por qué lo hizo. Tienes que hacer las paces con tu pasado.

—¿Y si no puedo?

—Sí que puedes.

Él no respondió, pero Emma vio un cúmulo de emociones en sus ojos, en su rostro. Por fin, asintió.

Capítulo 16

LARENZO estaba de pie en la sala de espera de la prisión de Terni, en el centro de Italia. Estaba sudando y tenía el estómago encogido. Hacía poco más de dos meses que él mismo había estado allí.

Respiró hondo y espiró lentamente. Llevaba quince minutos esperando. No había anunciado su visita a Bertrano y no sabía si este iba a querer verlo, pero tenía que intentarlo.

—Venga —le dijo el guardia.

Larenzo lo siguió hasta una de las salas de visita en la que había media docena de cabinas en las que el preso y su visitante no podían tener contacto físico. Bertrano esperaba en una de ellas.

A Larenzo le sorprendió verlo tan desmejorado y envejecido.

Respiró hondo, se sentó y tomó el teléfono.

Después de unos segundos, Bertrano tomó el suyo.

—Así que has venido —dijo por fin.

—Sí, he venido. Es más de lo que tú hiciste por mí. ¿Pensabas que no lo haría?

Él otro hombre se encogió de hombros.

–Sinceramente, me daba igual.

A Larenzo le sorprendió la respuesta, había esperado que Bertrano se mostrase avergonzado, o enfadado, a la defensiva... pero no indiferente.

–¿Por qué? –le preguntó.

–¿El qué?

–¿Por qué lo hiciste? Le he dado muchas vueltas. Tuve mucho tiempo en la cárcel para preguntarme por qué me habías traicionado.

–¿Traicionarte? –repitió el otro hombre–. ¿Todavía piensas que te traicioné?

Larenzo lo miró fijamente.

–¿Qué quieres decir?

–Después de todo lo que he hecho, ¿todavía quieres una explicación? ¿O es que estás ciego? –le preguntó.

–No, no estoy ciego, solo intento entender...

–Entender, ¿el qué? Para mí es muy sencillo. Te utilicé, fuiste mi salvación...

–Eso lo sé, lo que no entiendo es cómo pudiste hacerlo después de todo... de todo el tiempo que pasamos juntos. Me sacaste de la calle, me trataste con cariño y después, traicionarme...

–Ya basta de sentimentalismos –lo interrumpió Bertrano–. ¿Por qué piensas que te salvé, Larenzo?

–No lo sé, dímelo tú –le pidió él.

–Porque necesitaba a alguien a quien cargar con la culpa.

Larenzo se quedó sin palabras, le costó preguntarlo, pero lo hizo:

–Entonces... ¿nunca te importé?

–No.

Larenzo se resistió a creerlo.

–Después de tantos años juntos...

–Me caías bien. Siempre intentabas agradarme, eras un buen chico, pero lo que quería era tener a alguien a quien culpar si las cosas se torcían. Y se torcieron. Lo que no esperaba era que tus abogados fuesen tan tenaces, pensé haber borrado todas las pruebas.

Larenzo se dio cuenta de que su relación con Bertrano había sido una mentira. Y aquello le dolió mucho más de lo que había imaginado.

–Pobre Larenzo –se burló el otro hombre–. Siempre intentando que lo quisiesen.

Y él no lo soportó más, colgó el teléfono de un golpe y salió de allí sin mirar atrás.

Una vez fuera respiró hondo. Todavía le costaba creerlo.

Emma paseó por el salón, nerviosa, con un nudo en el estómago. Hacía tres días que se había marchado Larenzo. Tenía que volver al día siguiente, el día de Nochebuena, pero llevaba cuarenta y ocho horas sin saber nada él. La última vez que habían hablado había sido la noche antes de que fuese a ver a Bertrano.

Miró el árbol de Navidad y el Belén y se le encogió el corazón al pensar en pasar la Navidad en familia.

Oyó la puerta y se quedó inmóvil. Larenzo era el único que tenía la tarjeta que la abría. Oyó sus pasos y lo vio aparecer en la puerta. Tenía el mismo aspecto que aquella noche en la casa de Sicilia. Parecía agotado, resignado...

—Estaba preocupada por ti, no me has llamado —le dijo—. ¿Qué... qué ha pasado con Bertrano?

Él se sirvió un whisky

—Me ha contado la verdad.

—¿Qué quieres decir? Cuéntamelo.

—¿Por qué no me cuentas la verdad tú a mí? Porque he pensado que accediste demasiado pronto a venir aquí conmigo.

—No te entiendo, Larenzo —respondió ella, intentando mantener la calma—. Vamos a hablar.

—Ya estamos hablando. Primero querías mantenerme apartado de Ava, y de repente cambiaste de opinión.

—Porque me di cuenta de que quería que formases parte de su vida. Sé lo que es que te falte un padre y no quería eso para Ava. Ni para ti. Eres un buen padre, Larenzo —le aseguró—. Por favor, cuéntame qué ha pasado en Italia.

—Lo que ha pasado es que me he dado cuenta de lo engañado que he estado. Todo el mundo quiere algo, Emma. Incluso tú. Tú, sobre todo.

—¿Yo?

—Aquí estás muy cómoda. Vives en un lujoso apartamento, con todos los gastos pagados.

—Me ofrecí a pagar mi parte.

—Por supuesto que sí. Querías sonar convincente.

—¿Convincente? ¿Para qué?

—Querías que cuidase de ti, que me enamorase. Tal vez que me casase contigo.

–No entiendo qué te está pasando, Larenzo. ¿Qué te ha dicho ese hombre tan horrible?

–¿No decías que era un pobre viejo? Parecías comprenderlo muy bien.

–Te comprendía a ti –lo corrigió ella–, pero en estos momentos me cuesta hacerlo.

–¿Sí? –dijo él, sonriendo con frialdad–. Bien.

–¿Bien? –repitió ella, gritando y cerrando los puños–. ¿Vas a destrozar todo lo que hemos construido solo por algo que te ha dicho Bertrano?

–¿Todo lo que hemos construido? Solo llevamos unas semanas juntos, Emma. Nada más.

–¿Y Ava?

–Ava es mi hija y siempre formaré parte de su vida. Siempre.

–¿Y nosotros? –le preguntó Emma.

–No hay ningún nosotros.

–No sé qué te ha dicho ese hombre –gimió ella–, pero me da igual, porque lo que tú me acabas de decir a mí no tiene justificación. Tú no confiabas en nadie, pero yo he confiado en ti y no debía haberlo hecho. ¡Te odio! Te odio por haber hecho que me importases.

Y con las mejillas llenas de lágrimas, tomó a Ava en brazos y se fue hacia el pasillo.

Una vez encerrada en su habitación, lloró amargamente y se sintió igual que cuando la había abandonado su madre.

Entonces se dio cuenta de que estaba actuando como entonces. No recordaba por qué había discutido con ella antes de marcharse de su casa, solo recordaba la sensación de ira y de dolor, y que en vez de quedarse allí a pelear, había sacado un billete para Berlín y había vuelto con su padre.

En esa ocasión era lo suficientemente fuerte para quedarse a pelear. Iba a pelear por ella misma, por Larenzo y por su familia.

Respiró hondo, tomó a Ava y volvió al salón.

Larenzo se había dejado caer en un sillón, tenía el rostro enterrado en las manos.

–No te voy a permitir que hagas esto –anunció Emma.

Él levantó la cabeza.

–¿Qué has dicho?

–Que no voy a permitir que nos destroces. Me da igual lo que te haya dicho Bertrano. No voy a dejar que estropees la felicidad que hemos encontrado juntos. Te quiero y no me voy a rendir. No tan fácilmente.

Él la miró fijamente y después apartó la vista en silencio. Emma se dio cuenta de que no iba a ser fácil, pero no le sorprendió.

–Quiero enseñarte algo –le dijo, acercándose al árbol de Navidad y tomando un paquete que había debajo–. Es mi regalo para ti. Ábrelo.

Él levantó la vista, aceptó el paquete y lo abrió. Era un marco de plata, con una fotografía de los tres. Una fotografía que Emma había tomado en un parque, poniendo la cámara en el trípode.

–Emma... –dijo Larenzo, cerrando los ojos.

Ella esperó.

–Bertrano me dijo que... nunca le importé. Que solo quiso utilizarme, desde el principio.

—Oh, Larenzo...

—Yo pensé que me había querido como a un hijo. Jamás sospeché. He sido un idiota. He estado ciego.

—Has querido creer en él y eso no es malo, Larenzo, pero es evidente que Bertrano es una mala persona, es cruel. No dejes que su crueldad estropee lo nuestro.

Se hizo otro silencio. Larenzo no la miró a la cara.

—Pensé que te quería —admitió por fin—, pero ya no estoy seguro de saber lo que es el amor.

—Claro que lo sabes. El amor es despertarse a media noche con Ava. El amor es nosotros tres riendo durante la cena. El amor es darme la vuelta en la cama y verte sonriendo. Y el amor es confiar en que vamos a seguir adelante pase lo que pase. Vamos a seguir juntos y a luchar juntos. Yo no voy a rendirme ni tú tampoco. Por favor, Larenzo.

—¡Papá! —gritó Ava, rompiendo la tensión del momento.

Y Emma observó, conteniendo la respiración, cómo Ava daba sus primeros pasos hacia Larenzo con los brazos extendidos. Él cerró los ojos y la abrazó.

—Lo siento —susurró—. Siento haberte hecho pasar por todo esto. Siento ser tan... imperfecto.

—Nadie es perfecto.

—Siento haberte hecho daño.

Larenzo se levantó con Ava en brazos y se acercó a Emma.

—Te quiero y te agradezco que te hayas quedado y hayas luchado por mí. Por nosotros.

—Yo también —susurró ella mientras se fundían en un abrazo.

Ava les golpeó la cara a ambos.

—Papá —dijo—. Mamá.

—Familia —añadió Larenzo, besando a Emma otra vez.

Epílogo

Un año después

–¡Ten cuidado! –exclamó Larenzo mientras Emma subía la escalera con la estrella en la mano.

Era Nochebuena y estaba terminando de adornar el árbol. La ciudad estaba cubierta de nieve y esa misma mañana habían celebrado el cumpleaños de Ava con Meghan, Ryan y su nueva hermanita, Ella.

Había sido un año maravilloso, loco, lleno de emoción y de alegría. Emma había hecho su primera exposición en SoHo. En mayo habían ratificado la inocencia de Larenzo y todos los periódicos lo habían publicado. Su negocio cada vez iba mejor.

Se habían mudado del ático a una casa con espacio suficiente para sus futuros hijos.

–¿Esta recta? –preguntó Emma.

–Perfecta.

–¡Estrella! –exclamó Ava.

Emma sonrió y bajó de la escalera.

Miró la estrella y se echó a reír.

–Está muy torcida.

–A mí me gusta –comentó Larenzo–. Me recuerda a lo mucho que me quieres a pesar de mis imperfecciones.

Emma sacudió la cabeza.

—A mí me pareces perfecto —le dijo, y lo besó.

Bianca

Una promesa de venganza, una proposición del pasado, un resultado inimaginable…

Cuando Sophie Griffin-Watt abandonó a Javier Vázquez para contraer matrimonio con otro hombre, él se juró que encontraría el modo de hacerle pagar.

Sophie estaba desesperada por obtener la ayuda de Javier para salvar a su familia de la ruina, pero la asistencia que él le brindó tenía un precio: el hermoso cuerpo que se le había negado en el pasado.

El delicioso juego de venganza de Javier parecía el único modo de conseguir olvidarse de Sophie de una vez por todas. Sin embargo, cuando descubrió la exquisita inocencia de ella, ya no pudo seguir jugando con las mismas reglas…

JUEGO DE VENGANZA
CATHY WILLIAMS

Acepte 2 de nuestras mejores novelas de amor GRATIS

¡Y reciba un regalo sorpresa!

Una semana de amor fingido

Andrea Laurence

Tenía que fingir ser la novia del soltero Julian Cooper. Habría mujeres que se emocionarían si se lo pidieran, pero no Gretchen McAlister. Su trabajo consistía en organizar bodas, no en ser la novia del padrino, pero después de la ruptura de Julian con su última y famosa novia, salir con Gretchen, una chica normal, era una perfecta estrategia publicitaria.

Julian estaba en contra del plan hasta que conoció a Gretchen. Hermosa y sincera, incluso después de su cambio de aspecto, su nueva novia le hacía desear algo más, algo verdadero.

¿Qué pasa cuando una falsa novia se vuelve verdadera?

Bianca

¡Desterrada! ¡Perseguida! ¡Reclamada!

El matrimonio concertado de la princesa Amber con el príncipe Kazim Al-Amed de Barazbin era un sueño hecho realidad… ¡al menos para ella! Pero la noche de bodas resultó ser un absoluto desastre y un furioso Kazim la desterró de su reino y de su vida…

Con la convulsa situación de su país, Kazim debía demostrar su capacidad para gobernar y ofrecer un heredero a su pueblo. Pero para hacerlo necesitaba encontrar a su princesa.

Amber siempre había tenido el poder de desequilibrar a Kazim, de hacerle perder el control. Pero si debía salvar su nación, y su matrimonio, debía reclamar a su esposa ¡y hacerla suya por fin!

EL PERFUME DEL DESIERTO
RACHAEL THOMAS